LES MEURTRES
DE MONTMARTRE

SABRINA CERVANTÈS

LES MEURTRES
DE MONTMARTRE

ROMAN

SOMMAIRE

Chapitre 1 : Shirva	9
Chapitre 2 : Anna	23
Chapitre 3 : Odile	41
Chapitre 4 : Les autres	51
Chapitre 5 : Les retrouvailles	57
Chapitre 6 : Une trace d'ADN	75
Chapitre 7 : Les kidnappings	81
Chapitre 8 : Le basculement	91
Chapitre 9 : Elizabeth	97
Chapitre 10 : Le journal intime	99
Chapitre 11 : Ernest	103
Chapitre 12 : Le secret de famille	107
Chapitre 13 : Le procès	117
Chapitre 14 : La reconstruction	129
Remerciements	133

CHAPITRE 1
SHIRVA

HIVER 2000

C'était le mois de décembre. Paris étincelait de ses mille et une lumières. La nuit venait d'engloutir les monuments, faisait de la capitale l'une des plus belles villes du monde mais rendait aussi les rues plus inquiétantes.

Un passant fit un détour par Montmartre afin d'admirer encore une fois ce quartier. Emmitouflé dans un *duffle-coat* beige, ses yeux enroulés dans une écharpe noire ne se lassaient pas de cet endroit. Bien qu'au cœur de Paris, ce lieu ressemblait étrangement à sa ville natale de province. Ces rues étroites, pavées, ces devantures de magasin sans chichi, lui rappelaient toujours son quartier d'enfance. Il aimait, lorsqu'il flânait, passer devant l'église du Sacré Cœur. C'est là qu'il la vit.

***

Elle pendait nue, suspendue dans le vide, une jambe arrachée, le visage tourné vers le ciel sombre et nuageux de l'hiver. Un filet de sang s'échappait encore de sa bouche entrouverte, crispée sans doute par la douleur. Ses yeux révulsés exprimaient une souffrance encore palpable, induisant un regard rempli de frayeur... Ce regard... Le dernier sans doute adressé à son agresseur. C'était la cinquième victime de ce fameux tueur en série, dont tout Paris parlait.

John, comme tous les matins, prenait son petit-déjeuner en compagnie de sa femme Suzanne et de sa fille Irina. C'était un homme grand et sec, que certains de ses collègues s'amusaient à surnommer « Clint Eastwood ». Sans doute à cause du chapeau dont il ne se séparait jamais, de son loisir à fumer le cigare et de son regard perçant. L'odeur des toasts et du café que lui préparait sa femme lui faisait oublier un instant la folie et le sadisme des hommes. Chaque matin, il se rendait au commissariat, depuis dix ans. Maintenant, il connaissait bien la maison.

Il travaillait dans la police depuis l'âge de vingt-trois ans, après avoir décroché une licence en droit puis le concours d'inspecteur qu'il avait obtenu assez facilement.

Pourtant, malgré toutes ces années, il n'arrivait toujours pas à s'habituer à l'horreur que, maintes fois, son métier lui inspirait. Les meurtres de sang-froid, mais surtout ceux des tueurs en série, ne le laissaient jamais indifférent. Il y avait chez eux une volonté particulière de toucher l'autre. Ils ne se contentaient pas de tuer, d'assouvir leur pulsion ou de céder à leur folie. Ils montraient aussi une certaine fierté de leur geste, délivraient un message en exposant parfois les corps de manière théâtrale et indécente. Quelquefois, un objet laissé volontairement sur les lieux signait leur crime. Ce lieu était comparable à une scène de théâtre, sortie tout droit d'un scénario dont seul le criminel connaissait l'histoire. Au départ, le fait d'assembler un puzzle à partir d'indices le tenait en haleine. Mais depuis quelque temps, la souffrance qu'engendraient ces meurtres lui pesait. Chaque fois, John prenait ça en pleine face, pensant toujours alors à sa femme et à sa fille. « Si cela leur arrivait, mon Dieu ! »

John était particulièrement ébranlé par le psychopathe qui sévissait depuis quatre mois à Montmartre. Une victime par mois, semblable à un rituel. Puisque le mois de décembre débutait, il s'attendait à devoir être confronté à un autre crime. Quand ? Il ne le savait pas. Tout ce qu'il savait, c'est que cela aurait lieu avant que ce mois ne se termine.

— Pourquoi as-tu fait ça ! Pourquoi as-tu fait ça !
Des coups de fouet entrecoupés de cris étouffés exprimaient une souffrance entremêlée à l'eau folle, brûlante et jaillissante de la douche, qui glissait sur ses blessures encore ouvertes et en accentuait la douleur. Il tentait d'expier son péché, se lavant avec une brosse en fer, censée le rendre plus propre, alors qu'elle lui arrachait des bouts de peau.

Après chacun de ses meurtres, c'était toujours le même rituel, le même remord, le même châtiment. Cela pouvait durer des heures entières. Il mettait une couronne d'épines, s'allongeait sur son lit les bras en croix et priait le Seigneur de bien vouloir lui pardonner. Puis, il lisait la bible jusqu'à l'épuisement, s'interdisant de boire, manger ou dormir. Seul son état intense de déshydratation et de fatigue avait raison de ce scénario morbide. Il lui arrivait alors de dormir une journée entière à même le sol puis il reprenait le cours de sa vie, chaque fois avec la même détermination : celle de ne plus jamais recommencer.

Il avait élaboré des stratégies aussi saugrenues les unes que les autres. Il se barricadait chez lui le soir ou demandait à un voisin de l'enfermer la nuit et de ne lui ouvrir qu'au petit matin. Ce dernier, trouvant cela bizarre, refusait.

Édouard était donc libre, libre d'être cruel, libre de tuer à nouveau. Libre…

Quand il se réveillait, et avant de se rendre à son travail, qu'il pouvait quitter à sa guise, il allait à l'église, faisait couler de l'eau bénite sur son front, lavant, pardonnant tous ses péchés puis priait, priait. Cela lui laissait du répit. La petite voix le laissait alors tranquille, celle qui le commandait, le ridiculisait, l'humiliait. Quinze jours en général se passaient ainsi. Il se rendait à son travail puis à l'église et retournait dans sa tanière, la guettant avec inquiétude.

Il avait tout essayé mais elle revenait quand même et gagnait toujours ! La troisième semaine, il le savait, correspondait à son retour. Il l'attendait de pied ferme, décidé à ne pas cette fois-ci se laisser faire !

Chapitre 1

John le sentit et devina à la tête de ses collègues qu'un nouveau crime avait eu lieu. L'avantage est que, lorsqu'on travaille avec des coéquipiers depuis des années, on apprend à lire leurs pensées et leurs émotions, en observant l'expression de leur visage, de même qu'un vieux couple le ferait. L'un devenait plus sombre ; l'autre, le débutant, rayonnait, ravi de pouvoir faire ses preuves sans doute. Et son bras droit, lui, prenait toujours un air neutre « d'homme des pompes funèbres ». Il n'avait même pas besoin de l'entendre, il le savait :

— Il a récidivé, John. On a un cadavre à Montmartre ; un badaud a appelé !

— Ok, on y va ! lança John.

— C'est un fou, ce mec. Il faut qu'on l'attrape avant que les médias ne se déchaînent ! Le patron devient nerveux. Le préfet l'a appelé ; il veut des résultats !

— Des résultats, des résultats, comment ? On trouve jamais rien. Un pro, ce psychopathe ! maugréa John. Mais il finira par faire une erreur. T'inquiète pas ! Et le patron, je m'en charge !

À peine avait-il fini sa phrase qu'ils étaient sur les lieux du crime. Le médecin légiste l'examinait.

— Toujours pareil les gars. Il lui a tranché la jambe gauche. Mort par strangulation. L'analyse toxicologique nous dira si elle a été, elle aussi, droguée… Et bingo, le crime est signé : le soldat de plomb est à côté de la victime avec une jambe en moins !

Il montra l'objet fabriqué par le meurtrier auquel correspondait toujours l'organe manquant de la victime.

— Qui est la victime ?

— Elle s'appelle Sherva, elle a vingt-quatre ans, elle habitait le coin. Son sac et ses papiers sont là. On va faire des recherches pour trouver le domicile des parents.

John s'approcha de la victime et fut ébloui par la chevelure rousse qui contrastait avec cette atmosphère sombre et macabre. Il évita de la regarder dans les yeux, soucieux de mieux dormir la nuit.

Il devait prendre de la distance, se créer un périmètre de survie nécessaire pour exercer ce boulot à tel point qu'il ne se sentait plus humain. Mais il y était obligé.

— Ok, dit John, et l'heure de la mort ?

— Pareillement à son habitude, entre 22 heures 30 et minuit.

— Bon, j'attends ton rapport sur mon bureau. J'espère que, cette fois, il y aura des indices ! Je vais interroger l'entourage, les bars du coin afin de savoir s'ils ne l'ont pas vue avec quelqu'un.

— Yves, tu vas chez la victime voir si tu trouves quelque chose. Moi, je vais avertir ses parents.

John devait faire son devoir, celui qu'il détestait le plus : avertir les parents de la mort de leur enfant. Il ne s'habituait pas à la souffrance qu'il allait apporter dans cette famille et savait qu'aucun mot de sa part ne pourrait calmer le tsunami qu'il allait provoquer. Non, aucun mot. Alors, il acceptait les coups de poing, maintes fois mêlés d'insultes ; on lui demandait de sortir, on le traitait de menteur. Tout cela était, il le savait, de la colère non dirigée contre lui mais une réaction normale à ce qu'il venait annoncer. Il était en quelque sorte le messager du tueur, la faucheuse qui tapait à la porte pour annoncer l'indicible, l'impensable, l'innommable. L'homme qui, en une seule phrase, détruisait leur vie.

Pour John, le tueur continuait ainsi d'atteindre l'autre, celui qui n'avait rien demandé. Car une mort est un poison qui va d'organe en organe et John était celui qui actionnait la pompe. Il était celui qui prononçait les mots fatidiques, irréversibles, cruels : votre fille est morte !

John sonna à la porte. C'était une belle maison entretenue, gaie, avec une multitude de fleurs qui accompagnait le visiteur jusqu'à l'entrée. Une femme rousse lui ouvrit avec un large sourire et un regard interrogateur, lumineux, d'un bleu intense.

— Oui ?

Il ôta son chapeau qu'il agrippa nerveusement.

— Vous êtes bien la mère de Sherva Dupont ?

— Oui, que puis-je pour vous ?

— Hum… John hésita toujours puis se concentra afin que ce qu'il avait à dire soit le plus court et le moins brutal possible, même s'il savait que cela le serait. Il ne tourna pas autour du pot.

— Je suis inspecteur de police. J'ai une mauvaise nouvelle à vous annoncer concernant votre fille, Madame. Elle a été retrouvée morte ce matin.

La femme s'écroula sur le sol dans un état de stupeur, respirant à peine, ses yeux devenus d'un bleu transparent, vide, sans plus aucune lumière.

Après de longues minutes, elle réussit à reprendre ses esprits.

— Mais comment cela est arrivé ? Quand ? Où ? Je veux la voir tout de suite.

— C'est le tueur de Paris qui a sévi, Madame.

John vit une lueur indescriptible traverser son regard, tordre son ventre, crisper sa bouche ainsi que tous les muscles de son corps. Elle finit par vomir, secouée par des tremblements. John l'aida à se relever.

Il voyait toujours la dévastation qu'il amenait transformer les visages apaisés qui lui ouvraient la porte en regard vide, sans vie. Ce poison enlevait un bout de leur chair et de leur âme. Bout d'âme qui ne reviendrait jamais. Il le savait. Le tueur ne faisait pas qu'une victime.

— Mon mari n'est pas là, réussit-elle à balbutier.

— Madame, je sais que le moment est mal choisi, mais je dois vous poser quelques questions pour l'enquête.

Elle acquiesça du regard et l'invita à la suivre. Ils traversèrent un sombre couloir le long duquel il put voir de nombreuses photos de famille accrochées au mur. Il rentra dans une vaste pièce arrangée avec goût. Les fleurs du jardin disposées dans de longs vases illuminaient le salon. Une odeur de cire se mêlait au parfum qu'elles dégageaient. John s'assit sur le canapé en cuir qu'elle lui présenta. Il dut se faire violence pour continuer l'interrogatoire.

Chapitre 1

— Hum, votre fille voyait-elle quelqu'un ? Avait-elle un petit ami ?

— Non justement, je l'incitais à sortir pour qu'elle sympathise avec des jeunes de son âge. Vous savez, elle était très solitaire ! Elle avait envie de rencontrer quelqu'un… Mais elle était très sauvage… Maintenant elle ne connaîtra plus jamais personne… Oh mon dieu, ma petite fille ! Non !

Ses sanglots étaient entrecoupés de spasmes.

— Bien, je vous conseille de ne pas rester toute seule. Pouvez-vous prévenir votre mari ?

— Oui, il travaille ; oui, sans doute…

— Alors appelez-le et dites-lui de venir. Je vais l'attendre avec vous.

Elle tituba jusqu'au téléphone. Elle prit le ton le plus neutre possible, tentant de cacher difficilement l'émotion qui la submergeait. Elle demanda à son mari de la rejoindre. Elle ne voulait pas le lui annoncer au téléphone, craignant un accident de voiture. Puis elle raccrocha tel un automate, le regard dans le vide.

Son mari arriva rapidement, pressentant qu'il y avait quelque chose de grave car sa femme ne l'appelait jamais au travail. John entendit les pneus crisser, depuis le salon où ils l'attendaient.

Il entra. À l'annonce du drame, il prit une chaise et la fracassa contre une belle vitrine de laquelle des tas de livres bien rangés, ordonnés, alignés s'affalèrent à terre, pêle-mêle, au milieu des morceaux de verre. Puis il se précipita vers sa femme. Ils se serrèrent fort afin de se donner tout le courage et toute la force vitale qu'ils savaient que cette épreuve allait leur demander. Après la rage venaient l'anéantissement et la perte de toute vie intérieure, la torpeur. John, messager du tueur, venait de dévaster deux personnes.

Il rentra au commissariat. C'était la pause déjeuner. Il alla *Au bistrot d'en face*. Aujourd'hui, il ne rentrait pas chez lui, refusant d'amener sous son toit l'aura de cette terrible histoire. Le bar « d'en face » était un petit bistrot qui avoisinait le commissariat. John connaissait bien le patron avec qui, occasionnellement, il se confiait, bien sûr, sans jamais trahir le secret de l'enquête. Cela lui faisait du bien de parler. Le patron, voyant sa tête, savait que sa matinée avait été dure.

C'était un homme robuste, de la taille d'un bûcheron, avec un visage jovial qui inspirait tout de suite de la sympathie. Il avait repris ce bar depuis seulement deux ans et on connaissait peu de choses de sa vie d'avant. Mais peu importe, John appréciait cet endroit et cet homme.

— Dure matinée, John ?

— Oui, le cinglé a encore frappé.

— Dans quel monde on vit ! Tu finiras par l'avoir, John ; tu les as tous !

— J'espère !

— Bon, je te sers comme d'habitude ?

John avait coutume de prendre le plat du jour. L'ambiance du bar le sortait de toute cette horreur et lui permettait d'évacuer. Le brouhaha, le bruit des couverts, la musique irlandaise, les blagues de comptoir, tout cela le calmait.

Il se restaura rapidement et retourna au commissariat.

Chapitre 1

À peine était-il dans le hall que son patron lui demanda d'un geste brusque de le suivre dans son bureau. John se doutait de la tournure qu'allait prendre cet entretien.

— Bon, il faut que ça avance ! J'ai le préfet et le proc sur le dos et ils veulent DES RÉSULTATS ! Je sais que tu fais tout ce que tu peux, John. T'es un des meilleurs et c'est pour cela que je t'ai mis sur le coup, mais il faut coincer ce tordu, et vite ! Sinon, on va être la risée de tous ! Je vois déjà les gros titres des journaux !

La risée de tout Paris, la risée, pensa John. Mais ce n'était pas la peur d'être ridicule qui le motivait sur cette enquête. Non, c'était de pouvoir arrêter un tueur de femmes, un distillateur de poison, de vies brisées, de vies vides !

Il lui répondit, machinalement :

— Je fais le maximum patron !

Il tourna les talons, aussi sec, de peur d'être davantage questionné sur l'enquête et d'avouer qu'ils n'avaient rien, RIEN… Ou ce type a beaucoup de chance ou il connaît bien les techniques de la police scientifique. En même temps, les filles étaient droguées ; donc il leur était impossible de se défendre et donc de laisser des traces. Pour que ces femmes boivent à leur insu une substance nocive, c'est qu'elles devaient être en confiance. Elles le connaissaient peut-être toutes. Pourtant, elles n'avaient pas le même âge. Elles avaient cependant toutes un point commun : elles étaient célibataires. Le tueur ne tue pas que des brunes, des blondes ou des rousses ; non, il tue des femmes seules. John sentait que cet unique trait commun n'était pas que le fruit du hasard et le mènerait à la solution.

Il avait alors pensé aux sites de rencontre sur Internet, mais aucune n'y était inscrite. La rencontre se faisait peut-être dans la rue. Pourtant, il voyait mal ces femmes accepter de boire un verre avec un inconnu. La mère de Sherva disait bien que sa fille était sauvage et solitaire. Elle l'incitait à sortir, continuait à penser à haute voix John. Ça ne colle pas avec l'inconnu qui l'aurait accostée dans la rue pour lui proposer un verre. Non, elle devait mieux le connaître. Oui, c'est ça ! John s'assit à son bureau lorsque son collègue arriva avec le rapport du légiste.

— Dis-moi qu'on a un truc, Yves !

— Désolé John, rien ! Toujours le même mode opératoire. Il l'a droguée, l'a étranglée, l'a déshabillée, puis l'a attachée à la façon d'une marionnette. Pareillement aux autres, elle n'a pas subi de sévices sexuels et la mutilation s'est faite *postmortem*. On n'a aucune trace d'ADN ni sur la victime ni sur le soldat de plomb.

— Il faut connaître son entourage, ses amis et voir si on pourrait faire un parallèle avec les autres victimes. Si cela ne marche pas, il faudra qu'on se concentre sur les endroits que toutes fréquentaient. Cela commence par la salle de sport, le salon de coiffure, la boucherie... Voir si elles n'avaient pas passé une petite annonce. Toutes étaient célibataires et recherchaient le prince charmant... Allez au boulot !

— Ok, je m'y mets ! Comment ça a été avec les parents de la petite ?

Chapitre 1

— Comment veux-tu que cela se soit passé ? J'ai toujours l'impression que je suis le sale mec qui détruit les familles. Il faut l'avoir ! J'ai une fille moi aussi ! Bon, il est tard, je rentre, à demain, Yves.

— À demain, John.

***

— Non je ne ferai pas ça ! Laisse-moi tranquille !

Édouard parlait dans sa chambre seul, les yeux révulsés.

— *Oh si tu le referas ! Les femmes t'ont toujours pourri la vie. Alors tue-les !*

— Juste Odile !

— *Pas qu'Odile, gros bêta ! Plus tu tueras de filles et moins les hommes souffriront ! Recommence !*

— Non, non !

Fou de rage, il prit un couteau et menaça la voix de se couper les oreilles afin de ne plus l'entendre.

— *Ah, ah, andouille, bêta. Je suis dans ta tête, comment veux-tu faire ? Tu ne peux pas te débarrasser de moi !*

Édouard s'écroula sur le sol, pétrifié, exténué. La voix avait repris le dessus ; elle le commandait de tuer à nouveau. Lui ne voulait pas.

— Oh, mon dieu, non !

Il décida de s'enfermer, clouant des planches sur sa porte, juste pour la nuit, qu'il enlèverait au petit matin. Il savait que cela était ridicule car il suffisait qu'elle lui ordonne de les enlever pour qu'il s'exécute. Cette voix le lobotomisait, le vampirisait, le robotisait. Elle était maître de son âme et de son corps, telle une sangsue lui aspirant tout son sang et sa matière grise, toute sa volonté et son libre arbitre. Il ne pouvait pas lutter contre elle, il le savait. Alors, il réfléchit à la façon de la tuer sans mourir lui-même.

Il était bien allé voir un psychiatre mais celui-ci avait voulu l'interner. Il s'était enfui alors, se promettant de ne plus jamais remettre les pieds dans un cabinet. Pourtant, le médecin lui avait expliqué que seuls des médicaments pouvaient tuer la voix.

Édouard ne voulait pas être hospitalisé. Se croyant envoûté, il avait mis de l'eau bénite tout autour de son lit. Il avait même dormi dans une église, pensant être protégé. Mais rien, rien n'y fit. Il fallait s'y résoudre ; la voix était en lui. Il ne savait pas de quelle manière il la faisait apparaître ou disparaître. Tout cela était un effroyable mystère. Maintenant il le savait, il n'y avait que lui qui pouvait la faire taire, en se supprimant lui-même ou en se faisant tuer. Mais Édouard ne voulait pas mourir. Pas déjà !

CHAPITRE 2
ANNA

— Anna, pense à aller à l'église demain !
— Oui, grand-mère !

Anna était une femme de trente-quatre ans qui rendait visite à sa grand-mère régulièrement. Elle l'accompagnait à l'église davantage pour lui faire plaisir que par conviction. Elle y rencontrait les gens du quartier, notamment le patron du bar qui lui faisait toujours un clin d'œil, mais aussi le coiffeur et le boucher. Après la cérémonie, elles s'arrêtaient généralement *Au bistrot d'en face* prendre un thé ou un café et toutes deux discutaient avec le patron.

Ils étaient plusieurs à boire un petit coup de rouge après la messe ; cela faisait partie du rituel. Anna se demandait si ce n'était pas cela qui les motivait à y aller !

— Alors Anna, tu en es où avec tes amours ?

— Grr ! Grand-mère, arrête de me poser toujours cette question !

— Oui, j'espère que tu écoutes bien mes conseils et que tu ne sors pas le soir, avec ce fou dans les parages !

— Non grand-mère, ne t'inquiète pas !

Le patron, qui entendit la conversation, se rapprocha d'elles.

— Oui c'est un fou, ce psychopathe ! Il y a eu encore une victime. Ah ! Si je savais qui c'est, je lui réglerais son compte, à celui-là !

— Certains disent que c'est un gars du quartier et qu'il s'en prend qu'aux femmes seules. Vous êtes aussi célibataire, vous ? Mais vous avez la chance d'être un homme ! Ma petite-fille, elle, est sans défense ! Bon, je rentre, Anna. Tu ne me raccompagnes pas. Je vais aller voir Violette qui me ramènera.

— D'accord, grand-mère !

— Et fais bien attention !

— Oui, je te le promets !

Anna resta un petit moment dans le bar. Le patron revint la voir.

— Alors Anna, tu cherches le prince charmant ?

— Oh, il ne faut pas écouter ma grand-mère. Mais j'avoue que d'être seule me pèse constamment.

— Si tu n'as pas le moral, ou que la solitude te pèse, tu peux passer me voir de temps en temps. Je connais ça et ce n'est pas toujours marrant !

— Oui, alors avant vingt heures ! Sinon ma grand-mère va me tuer !

— Entendu !

Le mois de décembre, non moins qu'à son habitude, était synonyme de fête. Les immenses guirlandes qui illuminaient la ville masquaient un instant les drames qui se jouaient dans les rues de Paris. La place de l'Étoile, les Champs-Élysées rayonnaient de mille feux. On pouvait voir les gens s'affairer, faire leurs emplettes pour le réveillon avec effervescence. Anna aimait bien cette ambiance qui lui rappelait son enfance.

Le tueur ne sévirait qu'en janvier. Les habitantes pouvaient avoir un peu de répit. Mais John craignait un changement de mode opératoire. Cela arrivait. Soit il tuait davantage, soit il changeait de lieu. C'est pourquoi il fallait rester vigilant. Il avait l'intuition que, parce que ses victimes étaient toujours déposées au pied d'une église, il frapperait le jour de Noël. Un meurtre le jour de la naissance de Jésus, telle une offrande. Quel scoop et quel contraste pour ce tueur avide de sensationnel ! Des policiers en civils postés au pied des églises surveillaient maintenant chaque soir. « S'il récidive, il se fera avoir ! »

Au départ, il n'y avait pas assez d'hommes pour surveiller toutes les églises de Paris et de sa banlieue. Le patron réussit à obtenir du renfort. Ce n'était plus que l'histoire de quelques jours.

Anna s'empressait de faire les dernières emplettes de Noël. De même que tous les ans, elle gâterait sa grand-mère, Simone, seule famille qui lui restait. Anna avait perdu ses parents dans un accident de voiture lorsqu'elle avait huit ans. C'était donc Simone qui l'avait recueillie et élevée. Elle le savait, les fêtes étaient synonymes de joie mais aussi de cruel rappel de l'absence d'êtres aimés. Elle était heureuse du beau châle pure laine qu'elle lui avait acheté, d'un beau rouge mêlé de motifs noirs indiens. Cela contrastait avec ses cheveux bruns qu'elle continuait à colorer. Sa grand-mère restait coquette.

Après être allée chez le boucher où elle goûta les « toasts maison » et acheta la dinde de Noël, elle fit un saut chez son amie et unique collègue de travail. Elles s'entendaient bien toutes les deux et avaient un point commun : la conquête du prince charmant. Anna était beaucoup plus libre depuis que Simone, victime d'un accident cérébral, allait mieux. Elle s'en était occupée une bonne année et dormait la plupart du temps chez elle. Maintenant, elle avait repris le cours de sa vie, dans ce petit appartement près de Montmartre où elle vivait avec son chat.

Après la visite chez son amie, et avant d'aller chez sa grand-mère, elle rendit visite au patron du bar, parce qu'il le lui avait proposé. Elle entra, personne n'était présent. « C'est le soir de Noël, les gens sont en famille », pensa-t-elle.

Le patron l'accueillit avec un large sourire et lui proposa de suite une coupe de champagne qu'elle accepta. Après tout, c'était Noël. Ils échangèrent un petit moment puis elle le prévint qu'elle irait à l'église brûler un cierge avant de passer chez sa grand-mère.

Elle aimait s'y rendre car elle traversait un pont au-dessus duquel elle faisait toujours un vœu.

Un homme rentra alors dans le bar et la dévisagea. Alors qu'elle marchait, la coupe de champagne qu'elle avait bue lui fit tourner la tête plus qu'à son habitude. « La fatigue sans doute », pensa Anna. Elle avait également pris un verre une heure plus tôt, chez son amie. Celle-ci lui avait, à cette occasion, présenté un nouveau voisin avec qui elle fêterait Noël. Elle ne l'avait jamais vu auparavant. C'était un homme seul. Ce qu'elle ne savait pas, c'était qu'il venait juste de sortir de prison.

John était heureux de passer Noël en famille, même s'il savait que le téléphone pouvait sonner à tout instant, le transportant d'un moment magique et chaleureux, dans l'horreur et la barbarie. Il décida, malgré un pressentiment, de ne pas trop y penser ! Il surveillait de temps en temps la pendule, car il savait qu'à partir de 22 heures 30, le tueur pouvait sévir, foutant sa soirée en l'air. Sa femme ne lui avait jamais dit quoi que ce soit pendant ces dix ans, ce qui la rendait, à ses yeux, admirable. Mais il ne voulait pas que ce salaud lui gâche la soirée.

Anna marchait d'un pas rapide en direction de l'église. Elle avait promis à sa grand-mère de ne pas passer chez elle trop tard. Il était à peu près dix-neuf heures. Sa tête était cotonneuse à cause du champagne sans doute. Elle vit une voiture stationnée quand elle sortit de l'église. Elle prenait maintenant le chemin de la maison de sa grand-mère. Elle entendit des pas raisonner derrière elle. Elle se retourna mais ne vit personne.

Un frisson parcourut sa colonne vertébrale de haut en bas, la tétanisant et rendant l'atmosphère encore plus glaciale. La rue était déserte. Elle décida d'ignorer sa crainte et accentua la cadence. Puis un second bruit. Par prudence, elle décida d'aller frapper à la porte d'une maison, prétextant un malaise afin de sortir de la rue. Quelqu'un la suivait, elle en était convaincue. Une lumière s'alluma et un couple de personnes âgées la fit entrer dans un minuscule corridor. Elle prétexta chercher une rue du quartier. Le vieil homme partit chercher un plan. Anna en profita pour se tenir contre le mur du petit hall afin de reprendre ses esprits. Il lui expliqua, en lui dessinant le trajet sur la carte, où se trouvait sa destination. La femme lui proposa de s'asseoir, ce qu'elle fit. Elle resta environ dix minutes puis s'arma de courage et ressortit pour poursuivre sa route. Elle longeait le mur de la rue quand, à nouveau, des pas résonnèrent sur les pavés et la firent sursauter. Elle ne savait pas si c'était dû à l'émotion, mais sa tête tournait de plus en plus. Elle s'appuya contre un mur qu'elle voyait trouble, car tout dansait autour d'elle, quand un craquement la fit se retourner.

Elle vit alors un homme tout habillé de blanc, vêtu d'une cagoule, immense, qui surgit de nulle part, la saisit par le cou. Anna lâcha ses paquets, sa chaussure tomba. Elle ne touchait plus le sol. Une main serra, serra. Elle comprit qu'elle était entre les mains du tueur en série et qu'elle n'en réchapperait pas. Elle ressentit une douleur atroce. Elle ne pouvait plus respirer. Elle n'avait plus d'air. Elle le savait : elle allait mourir. Puis, dans un semi-coma, tel un rêve, elle vit sa vie défiler, des images d'elle petite, de ses parents, et pensa à sa grand-mère. Le manque d'oxygène lui fit oublier la douleur de son cou, de son larynx broyé peu à peu dans les mains de cet homme, qui lui ôtait la vie et prenait un malin plaisir à le faire. « Pas maintenant, non ! Pas le soir de Noël ; pas si jeune ! Je ne veux pas mourir ».

Une larme s'échappa de son œil, elle ne put pas crier pour alerter. Elle savait qu'elle était condamnée. Son corps commença à avoir des soubresauts, elle s'écroula à terre. Elle ne voulait pas être exposée au pied d'une église, un membre en moins ; elle voulait vivre, construire une famille, vivre ! Elle pensa à ses parents. Les minutes lui parurent des heures. Elle espérait que cela aille vite et en même temps elle désirait vivre. La seule pensée de se savoir condamnée lui était intolérable et était bien plus atroce que cette douleur physique due à la compression de sa trachée. Anna pensa à sa grand-mère. Ses forces l'abandonnèrent. Elle perdit connaissance…

La sonnerie du téléphone fit sursauter John et sa femme.
— Je le savais !
Il reconnut la voix de son collègue.
— C'est Anna Durand ! reprit-il. C'est sa grand-mère qui l'a trouvée. Tu l'as connue, John ?
— J'arrive !

Non seulement son pressentiment était juste – il avait récidivé le soir de Noël – mais son mode opératoire avait bien changé. L'heure du crime était moins tardive et le lieu était également différent, puisqu'elle avait été retrouvée sur un pont.
— Merde, il savait pour l'équipe de nuit ! Comment est-ce possible ?

John arriva sur les lieux et la vision de cette jeune fille nue, avec un bras en moins, lui fut insupportable. Il la connaissait, ce qui rendit l'examen de la scène du crime plus difficile. Des paquets cadeaux, une chaussure et son sac à main étaient à côté de ce corps dénudé et mutilé, suspendu au-dessus du pont. Il se dirigea vers la grand-mère de la victime et fit appeler une ambulance afin de demander une surveillance pour cette femme, manifestement sous le choc, qui ne cessait de répéter :

— Comment est-ce possible ! Ma petite-fille !

Puis il alla voir Yves.

— Par quels moyens a-t-il su pour la surveillance ? C'est pas possible ! Il y a une taupe au commissariat ! Étrangement, il change d'heure et d'endroit juste au moment où nos équipes se mettent en place !

— Tu crois que ça vient de chez nous ? demanda Yves.

— J'en sais rien mais crois-moi je vais savoir ! S'il n'y avait pas eu de fuite, cette jeune fille serait encore vivante et le tueur serait derrière les barreaux ! Je trouverai celui qui a bavé !

— Mais qui aurait eu intérêt dans notre groupe à divulguer ce genre d'information ?

— Je pense que ce n'est pas intentionnel. Mais la confidentialité de l'enquête n'a pas été gardée. Les médias n'ont pas su pour l'équipe de surveillance ! Il y a eu une boulette de commise. Où est le petit nouveau ?

— Il interroge le patron du bar pour savoir s'il n'a rien vu.

Chapitre 2

— Ok, je vais le rejoindre !

John le trouva complètement écroulé, ne cessant de répéter :

— J'aurai dû la raccompagner ; c'est ma faute ! Elle est venue prendre un verre et je l'ai laissée partir seule !

— Quelle heure était-il ?

— À peu près dix-neuf heures. Elle m'avait montré la dinde qu'elle avait achetée chez le boucher et m'avait parlé du nouveau voisin que lui avait présenté sa collègue et avec lequel elles avaient trinqué. Elle m'avait dit en partant vouloir passer à l'église. Puisqu'elle était surveillée, je ne me suis pas inquiété.

John constata que le petit nouveau était blême et mal à l'aise. Il comprit. Son sang ne fit qu'un tour.

— T'as pas fait ça ! hurla John.

— Ben, un soir que j'avais bu, ça m'a échappé et…, commença le jeune policier.

— Mais tu te rends compte !

— Oui, je me rends compte que le meurtrier était au bar ce soir-là ! C'est…

— C'est ma faute, dit le patron. Je lui ai demandé où en était l'enquête.

— Non ! La faute est à ce petit merdeux qui sort juste de l'école et qui se fait mousser en racontant nos exploits !

— Je suis désolé… Je…

— Désolé ! Désolé ! interrompit John. Et la petite, elle, tu crois qu'elle peut être encore désolée ? Alors écoute bien, je t'écarte de l'enquête pour l'instant. Tu iras classer les dossiers et sois content que je ne te mette pas à la circulation !

Quant à toi, hurla-t-il vers le patron du bar en le pointant du doigt, tu me donnes la liste de tous les clients qui étaient au bar le soir où il a bavé. Ce sont désormais tous des suspects numéro un, et toi aussi ! D'ailleurs, qu'as-tu fait entre dix-neuf et vingt heures ?

— Je suis resté au bar. Ernest est passé ce soir-là. Tu pourras lui demander si tu veux.

— Hum... Il est resté combien de temps ?

— Il a fait la fermeture.

— Ok, j'envoie Yves chez lui.

John sortit avec son collègue vraiment piteux et désabusé. Chacun rentra chez soi. L'un culpabilisait du fait de son arrogance et de sa quête d'admiration, qui lui valait la suspension de cette affaire. L'autre s'en voulait de ne pas avoir vu juste à propos de ce jeune homme plus avide de reconnaissance que d'efficacité.

Il se servit un verre de cognac. Le tueur avait gâché son réveillon et son collègue avait anéanti l'unique chance de le coincer. Il décida de se coucher, peu sûr de trouver le sommeil. Suzanne, sa femme, dormait à poings fermés. Sa respiration régulière le calma peu à peu. Il s'allongea particulièrement fatigué et éreinté.

— *Tu as remis cela !*

— Oui..., répondit Édouard à la voix.

— *Avoue que tu as eu du plaisir à la tuer !*

— Tais-toi ! Sors de ma tête ! Laisse-moi ! Je veux mourir !

Chapitre 2

— *Tu as fait ce qu'il fallait et tu le sais ! Pense à toutes celles qui t'ont fait du mal !*

— Laisse-moi, je vais me tuer !

— *Ah, ah, tu dis toujours cela mais tu n'as pas le courage de le faire !*

— Je vais me laisser prendre par la police !

— *Ah, ah, je crois que tu n'auras pas le courage. Tu n'es qu'un faible, une loque, un fou !*

Édouard se jeta si violemment contre le mur qu'il perdit connaissance.

John arriva au commissariat tôt le matin. Il trouva son patron dans son bureau avec un homme.

— John, je te présente monsieur Rameau, criminologue et profileur. Il va nous aider à résoudre cette enquête. On rassemble tout le monde dans une heure. Je lui ai déjà donné le dossier.

L'homme était un jeune, une vingtaine d'années avec, *a priori*, peu d'expérience car il sortait tout juste de l'école. Il portait un costume et une cravate, ce qui le différenciait de tous les autres. Il se présenta et demanda à chacun de le faire à son tour. Le petit débutant, consigné aux archives, était présent à cette occasion. Yves détestait les types du genre profileur car, pour lui, cela ne rimait à rien.

— Bon, commença-t-il, maintenant que tout le monde s'est présenté, je vais vous brosser le portrait psychologique du criminel. Il a entre trente-cinq et quarante ans, peut-être plus. C'est un homme grand et costaud, probablement célibataire, qui a eu de grosses carences affectives durant son enfance. Je pense qu'il a un syndrome d'abandon. Il a dû subir un choc lorsqu'il était enfant, probablement par une femme, peut-être sa mère... Au vu de la signature de ses crimes, c'est-à-dire les mutilations et la mise en scène des corps, il doit souffrir d'une psychose, je pense à la schizophrénie ou à un trouble dissociatif. Il s'adapte à notre monde mais serait sujet à des sortes de crises. Conscient de sa maladie et sentant certainement venir son délire, il peut lui arriver de se cacher ou de s'enfermer. Il ne semble pas éprouver de culpabilité : ses victimes ne sont ni revêtues, ni couvertes. Cela ne veut pas dire qu'il n'a pas de regret après son meurtre, en tout cas, pas dans l'immédiat.

« Je pense, continua-t-il, que pour le capturer, il faudra utiliser un leurre, une femme policière par exemple. Vu la situation, il n'y a que cela à faire. Voilà ! Je suis à vous, si vous avez des questions.

— J'en ai une, dit Yves. De quelle façon a-t-il su pour la surveillance ?

— Je pense que cet homme passe pour monsieur tout le monde et peu de gens se méfient de lui. Donc il a pu en entendre parler lors d'une conversation. Il sait se maîtriser en public. Mais s'il ne prend aucun traitement, alors les crises prennent le dessus. Il se rend compte que quelque chose cloche chez lui et a conscience de sa pathologie.

— Par quel moyen le coincer ?

— En utilisant un appât.

— Nous n'avons aucune femme flic.

— Je vais tenter de trouver une collègue d'un autre service, dit le patron. En attendant, tous au boulot !

Chapitre 2

HIVER 1968

— Édouard, tu n'es qu'un petit vaurien ! Viens, je vais te montrer ce que je leur fais, moi ! Pas étonnant que ta mère n'ait pas voulu de toi !

Édouard savait, rien qu'à son regard et au rictus du coin de sa bouche, qu'il allait dérouiller. Ses yeux bridés exprimaient une lueur de haine et de plaisir qui brillait à l'idée de ce qu'elle allait lui faire subir. Elle lui demandait toujours de se mettre nu. Elle ricanait de sa maigreur, de sa corpulence, de sa colonne vertébrale qui dessinait un serpent, du tremblement de son corps qui, de mémoire, savait à quelles atrocités il allait devoir faire face. Elle ricanait, ricanait, gloussait et son double menton pendant faisait des soubresauts. Ensuite, elle prenait une barre de fer et lui demandait de choisir un organe ou un membre de son corps. La plupart du temps, c'est elle qui choisissait. Elle faisait glisser la barre le long de son être avant de choisir à quel endroit elle frapperait, frapperait jusqu'à ce qu'Édouard perde connaissance. Elle s'amusait parfois à faire « plouf plouf, ce sera toi qui seras puni ! ». Et le bâton d'acier s'arrêtait soit sur son crâne soit sur un bras ou une jambe… Édouard coupait sa respiration, fermait les yeux et priait un dieu auquel il ne croyait plus pour que la barre de fer ne s'arrête pas sur sa tête car il savait qu'il pourrait alors mourir ou pire devenir un légume.

« Ce sera là ! » à la fin de la chanson, l'instrument de torture s'arrêta sur sa jambe droite. Édouard remercia alors le Seigneur que ce ne soit pas sur sa jambe gauche, rouge et boursouflée, stigmates encore présents de la douleur de la fois précédente.

— Tends ta jambe, vilain garnement !

Dans un tremblement et une envie de rendre, il lui présenta la petite jambe frêle et blanche qui allait subir ces atrocités.

Souvent, il n'arrivait pas à s'exécuter, paralysé par la peur. Elle se précipitait alors sur lui et le tirait par un membre, et l'attachait à une poutre. Il était alors suspendu dans le vide.

Édouard essayait de ne penser à rien pendant que la barre de fer fracassait un à un ses os. Chaque coup lui donnait l'impression d'être électrocuté tellement la douleur tétanisait les os, les tissus et les nerfs de son corps. Il savait que la supplier ne ferait que redoubler les coups, alors il se taisait, subissait, acceptait. Il se résignait. Il maudissait cette femme, ce monstre, qui déculpabilisait en allant prier le Seigneur. « Maman ! Pourquoi ? ». Édouard avait neuf ans.

***

Édouard se réveilla en sursaut. Il avait rêvé de sa mère et d'Odile, son bourreau. Il venait encore de faire un cauchemar. Il regarda sa jambe droite intacte. Son lit était encore trempé de la sueur véhiculée par le souvenir de la peur. Édouard vivait encore dans le passé. Il ne le laisserait jamais en paix. Il était lié à lui et ne faisait qu'un avec lui. Il serait à jamais cet enfant martyrisé par cette femme. Il ne pouvait être rien d'autre. Sa vie était brisée, il le savait. La voix était apparue lorsqu'il avait dix-sept ans. Il pensait qu'il était envoûté. Odile était encore en vie.

Chapitre 2

Yves se rendit chez Ernest pour vérifier l'alibi du patron du bar. Celui-ci confirma être resté toute la soirée à discuter avec le patron du bistrot et avoir croisé Anna. Yves ne creusa pas plus que cela. Le patron et Ernest étaient hors de cause. Il alla interroger les commerçants du quartier. Rien, rien de nouveau. C'était désespérant.

L'équipe n'avait rien à se mettre sous la dent. Ils tournaient en rond. Les clients du bar, présents lorsque le petit nouveau avait trop parlé, avaient tous un alibi, sauf le boucher et le coiffeur, hommes d'une quarantaine d'années qui disaient être restés seuls, ce soir-là. Parce qu'ils n'avaient aucun ADN, ils ne pouvaient faire aucun lien. Puis ils décidèrent d'enquêter sur le nouvel arrivant. En effet, Anna avait bu une coupe de champagne chez son amie en compagnie de son nouveau voisin, arrivé depuis peu dans le quartier, et qui sortait de prison.

De retour au bureau, John présenta Hélène au reste de l'équipe. Il lui annonça que ce serait elle, le leurre. D'une trentaine d'années, elle avait les cheveux mi-longs et bruns, elle était grande et mince, le visage creux. Elle était policière depuis six ans. Elle venait du commissariat d'un autre arrondissement. On lui expliqua que sa mission serait de « traîner » dans des endroits du quartier où les victimes avaient l'habitude d'aller. Il fallait aussi que l'on sache qu'elle était célibataire. Deux hommes la suivraient pas à pas ; elle serait munie d'un micro. Il n'y aurait aucun risque. Il fallait qu'elle rencontre dans un premier temps le coiffeur et le boucher, suspects potentiels. Ils avaient ajouté à la liste des suspects le voisin de la collègue d'Anna qui avait un passé de détenu pour agression.

— Cela peut prendre du temps, continua John, mais ça vaut le coup d'essayer. De toute façon, on a rien d'autre, aucun élément. Il faut que ça marche !

John continuait de mettre au point la stratégie quand le médecin légiste apparut avec les résultats de l'autopsie de la petite Anna. Le profileur devait être au courant, lui aussi. L'équipe se réunit :

— Bon, il lui a brisé l'os hyoïde, ce qui prouve bien la mort par strangulation mais celui-ci est en miette ! C'est la première fois que je vois ça ! affirma le légiste.

— Sa colère décuple, intervint Rameau. Cela veut dire qu'il peut augmenter la cadence des meurtres, afin de se soulager.

— Rien d'autre ? demanda John.

— Identiquement aux autres conclusions, continua le légiste, il n'y a aucune trace : pas de cheveux, ni poils, aucune empreinte...

— Il doit connaître un certain nombre de choses : le fait qu'il les drogue facilite l'absence de trace. Il doit certainement se couvrir afin qu'aucun bout de peau ne soit en contact avec la victime, ajouta Rameau.

— Ça, on le savait déjà, persifla Yves. Ce mec ne nous apporte rien !

— Taisez-vous, Yves ! maugréa le patron. Il est là pour nous aider, laissez-le faire !

— C'est probablement un psychotique, continua le profileur. En tout cas, le criminel est porteur d'un délire mystique. C'est pourquoi ses victimes sont laissées au pied des églises. C'est donc soit en offrande à Dieu, une sorte de sacrifice humain qui le laverait de ses péchés, soit un désir de provocation, telle une sorte de compte à régler, de revanche. Il n'est pas impossible qu'il soit tout de même croyant ; il va peut-être à l'église. En tout cas, il y a un lien avec la religion. C'est ce que je pense.

— On pourrait aller à l'église et observer… dit Yves.

— Il a peut-être eu une éducation religieuse… rajouta Rameau. Vous pouvez aussi chercher de ce côté-là. Une chose est sûre : s'il enlève un membre ou un organe à ses victimes, c'est qu'il a été blessé dans sa chair. Il a sans doute été maltraité, peut-être par des parents croyants.

CHAPITRE 3
ODILE

Odile le fixait. Édouard avait du mal à la reconnaître. Ses yeux étaient rétrécis, cachés par d'énormes lunettes. Sa bouche s'était affaissée, entourée d'une multitude de ridules ; son dos était voûté. Malgré tout, il visualisait cette cruauté dans son regard, ce regard... Il ne l'oublierait jamais ! Ils le hantaient encore dans ses cauchemars, ces yeux qui exultaient à chaque coup qu'elle lui portait. Il y discernait encore cette lueur de plaisir à le martyriser. Elle le regardait bien droit dans les yeux. S'il baissait la tête, elle frappait sur le dessus de son crâne.

***

— Je veux que tu me regardes, sale morveux ; regarde-moi !

C'est pour cela qu'il avait enlevé les globes oculaires à sa première victime parce qu'elle avait le même regard.

— Maintenant, c'est moi qui mène la danse ! exulta Édouard.

Édouard s'était introduit dans son ancien foyer qui n'accueillait aujourd'hui plus que les sœurs. Il avait suivi l'une d'entre elles. Il l'avait repérée il y a quinze jours de cela, lorsqu'il l'avait aperçue en compagnie d'une autre dans un cimetière dans lequel il allait occasionnellement se promener.

La voix lui demanda de la tuer. Et pour une fois, il n'essaya pas de lui résister, espérant que sa mort lui permettrait de ne plus vivre ce cauchemar. Il espérait que cela fasse cesser la voix, car elle, et elle seule, était responsable de ce qu'était devenu Édouard.

Était-il victime de cette femme, lui, le monstre qu'elle avait créé elle-même ? Pour une fois, il était dans l'antre, dans une chambre triste, meublée d'un lit, d'une table de chevet et d'une croix sur laquelle Jésus se tenait crucifié. Comment avait-il pu laisser faire cela ? Combien de fois lui avait-il demandé de faire cesser ses souffrances ? Même lui l'avait abandonné ! Il lui infligerait les pires sévices avant de l'étrangler et ce serait elle, maintenant, qui le supplierait.

Il prit une barre de fer, posée dans le coin de sa chambre, et lui demanda de se mettre nue. Parce qu'Odile ne s'exécutait pas, il délivra le premier coup. La terreur sur son visage, les larmes qui lui venaient, ne suffirent pas à lui inspirer la clémence. Il se voyait à sa place ; sa colère et sa haine décuplèrent. Ce ne fut qu'au bout du quatrième coup qu'elle accepta. La vue de ce corps tout fripé, ridé, tout en rondeurs, contrastait avec le sien qui était à l'époque amaigri par des jours de privation, déchiqueté par les coups, martyrisé. Cela le rendit plus haineux. Il lui asséna un cinquième coup.

Chapitre 3

— Tu n'as pas été gentille avec Édouard ! Demande pardon ! ordonna-t-il.

— Mais qui êtes-vous ?

— Tu ne te rappelles pas ! Je suis l'homme à qui tu as enlevé l'âme, l'enfance, la joie de vivre et sa vie d'adulte. Regarde ce que tu as fait de moi ! Je suis Édouard Pignon ! Tu te rappelles maintenant ?

Il comprit qu'elle ne se souvenait même pas de lui. Il n'avait été qu'un parmi d'autres. Un à qui elle avait petit à petit, jour après jour, enlevé un bout de son innocence, de son insouciance, de son âme, par pur plaisir.

— Je vous en supplie, ne faites pas ça !

— Et moi, quand je te suppliais, tu m'as écouté ? C'est toi maintenant qui vas subir. On a toute la journée devant nous ! Mets-toi à genoux et regarde-moi, regarde-moi, sale garce !

Il frappa, frappa sur tout le corps ; sa force décuplée par la colère lui brisa un à un les os. Ses hurlements ne le firent pas s'arrêter. Il la bâillonna pour ne pas alerter les autres. Son regard lui parlait ; elle allait mourir dans d'atroces souffrances. Sa cruauté disparut et un regard de petite fille, celle qu'elle avait peut-être été un jour avant de devenir ce monstre, le suppliait. Dieu avait permis tout cela ; elle mourrait devant lui !

Il entendait ses os craquer, ses dents éclater, ses yeux exploser, son sang gicler à chaque coup. Il arrêta, lui enleva le bâillon et écouta son agonie, sa douleur intense. Il la regarda se tordre et agoniser pendant des heures. Puis, dans un râle, elle perdit la vie. Il l'attacha sur son lit, les bras en croix, le visage tourné vers Jésus-Christ.

Édouard n'eut pas de remords. C'était la première fois qu'il ne ressentait rien. Il espéra être guéri.

Il rentra chez lui. Il devait retrouver maintenant sa mère. Cette mère dont il avait peu de souvenirs, juste son absence pesante, terrifiante, humiliante.

Ils étaient six au foyer à rester les week-ends. Combien de fois avait-il espéré en secret la visite de sa mère, lui promettant qu'elle le reprendrait pour toujours. Ne lui avait-elle pas dit : « Ne t'inquiète pas, je viendrai te chercher » ?

Mais les mois, les longues années défilèrent jusqu'à ce qu'Édouard, lors de ses dix-huit printemps, décida de quitter cet enfer. Il n'avait aucun sou en poche, aucun travail. Peu importe, il préférait mourir de faim et de froid que de rester avec son bourreau, même si les coups et les brimades physiques avaient cessé à l'adolescence. Le visage de sa mère aurait été à jamais perdu s'il n'avait pas gardé précieusement sa photo, cachée sous son lit et qu'il regardait en silence, les yeux pleins de larmes, la nuit.

Il ressentait à la fois de l'amour et de la haine pour cette femme. Mais il ne voulait pas rester ce monstre qu'il était devenu. Il voulait être libre, ne plus avoir de cauchemars, ne plus entendre la voix. Il rentra chez lui et se coucha avec l'image d'Odile, les yeux horrifiés par la souffrance et la peur. Ce regard ne le quittait plus depuis ce meurtre. Seul le sommeil lui évitait ce face-à-face morbide et macabre qui continuait même après sa mort... Elle continuait de le hanter... Sa mort ne l'avait pas libéré. Il restait tourmenté. La voix avait donc tort ou fallait-il qu'il tue davantage ? Il avait réussi, avant qu'elle agonise, à lui extirper des renseignements sur sa mère : la date où elle avait décidé de l'abandonner ici, dans la maison de Dieu, en fait, celle du diable. Il espérait avoir plus de détails, également le nom de son père qu'il n'avait jamais connu.

Mais il n'obtint rien. Tant pis, il se contenterait de cela. Il ne savait pas si elle s'était remariée, où elle habitait. Avait-elle quitté Paris ? Tout ce qu'il voulait, c'était comprendre. Pourquoi cet abandon ? Pourquoi lui, pourquoi ici ? Il avait eu des grands-parents. Pour quelles raisons ne l'avait-elle pas laissé chez eux ? Il voulait revoir sa mère et en même temps redoutait cet instant. Il avait peur de ses réponses. Il s'était persuadé, petit, qu'elle était morte et que c'était pour cela qu'elle n'était pas venue le chercher. Elle était peut-être décédée, mais il devait savoir car il devait se libérer. Ne plus tuer et, surtout, se débarrasser de la voix.

Un policier était venu l'interroger ainsi que de nombreux hommes du quartier. Édouard voulait une vie normale, sans meurtre, sans femme à découper, sans cauchemar, sans punition, sans voix. Il avait pensé mourir ou se livrer à la police ou pire encore, se faire interner. Mais pour l'instant, il ne pouvait et ne voulait pas ; il n'en avait pas le courage. La voix avait raison : ce n'était qu'une loque.

Il voulait retrouver sa mère. De retour chez lui, il déposa la langue d'Odile, qu'il avait découpée, dans son congélateur. C'étaient surtout ses paroles qui l'avaient meurtri, quand elle le traitait de bâtard, de vaurien, de loque… Lorsqu'elle lui disait qu'elle comprenait que sa mère n'ait pas voulu de lui.

John et son escouade tournaient en rond. La femme leurre arpentait le quartier. C'était le seul espoir de pincer ce salaud. Le patron devenait nerveux à tel point que tous passaient à pas de loup devant son bureau de peur d'entendre son éternelle rengaine : « Il me faut du résultat les gars ! ». John avait envoyé l'un de ses hommes dans les pharmacies afin de savoir si un homme correspondant au profil du tueur n'avait pas acheté récemment des somnifères ou tout autre substance qui paralyse.

Cela n'avait rien donné. John buvait tranquillement une tasse de café quand le téléphone retentit. Yves se précipita dans son bureau pour lui annoncer la mort tragique d'une femme religieuse nommée sœur Odile, au foyer des Trois Feuillants.

— C'est lui, aucun doute ! La langue a été arrachée et il y a un soldat de plomb !

— Une sœur de 68 ans ???

— Ben, elle est célibataire chef !

— J'avais raison, dit le profileur, la cadence de ses meurtres s'accentue et il a bien un compte à régler avec la religion !

— On y va ! dit John.

Chapitre 3

John et son unité se rendirent au foyer des Trois Feuillants. Une énorme porte en bois s'ouvrit après qu'ils ont annoncé leur présence à l'interphone.

Les nombreuses fenêtres, au travers desquelles des barreaux se dressaient, rendaient ce lieu menaçant et protecteur. On ne savait plus si on se sentait protégé par cette forteresse ou au contraire si l'on devait s'inquiéter de cet endroit pesant qui dégageait une atmosphère étrange d'enfermement.

— Dire que des gamins ont vécu là-dedans, ça me donne la chair de poule, marmonna Yves.

Une sœur vint à leur rencontre. Par son allure frêle et menue, elle contrastait avec cet endroit.

— Venez ! C'est affreux ! Mais qui a bien pu faire cela ?

— C'est ce que nous allons découvrir, répondit John, mais avant on doit voir le corps.

— Ses yeux ont explosé ! Oh, mon Dieu !

Les deux enquêteurs ne purent s'empêcher d'avoir un mouvement de recul lorsqu'ils virent le corps dénudé de sœur Odile, attaché à son lit, le visage tourné vers le crucifix. Du sang tapissait toute la chambre. L'horreur détonait avec ce lieu religieux.

— Il est vrai, précisa la religieuse, que sœur Odile était particulière mais elle ne méritait pas cela.

Le médecin légiste qui les avait rejoints fut frappé par la violence des coups qui avait pratiquement détruit tous les os de son corps.

— L'intérieur est une véritable bouillie. J'ai jamais rien vu de pareil ! Les yeux ont éclaté ; sa langue a été arrachée à la main, je pense, alors qu'elle vivait encore. Elle n'a pas été étranglée ; ce sont les coups qui l'ont tuée. Il voulait faire souffrir sa victime. Il aurait été préférable qu'il l'étrangle ! Heure de la mort : entre dix-huit et vingt et une heures environ, précisa le légiste.

Le profileur avait raison : il changeait de mode opératoire et sa violence augmentait.

— L'arme du crime ? demanda John.

— Je l'ai trouvée !

La sœur prit la barre de fer sans gant et avec un large sourire.

— Les empreintes ?! cria John qui se dépêcha de lui prendre l'objet des mains avec un mouchoir pour le mettre dans la poche des pièces à conviction.

— Mais je reconnais cette barre, s'étonna la sœur, c'est celle de sœur Odile.

— Que pouvait-elle bien faire avec une barre de fer ? demanda Yves.

— C'est une longue histoire et il faudrait du temps pour en parler.

— Mais on a tout notre temps, ma sœur !

— Pas là ! Je ne veux pas que son âme entende. Venez, suivez-moi !

Les deux hommes la suivirent pendant que le légiste terminait son examen.

La sœur les précéda dans une immense cuisine qui servait de salle de repas aux religieuses. Elle n'accueillait plus d'enfants. Ils prirent place autour d'une table et la sœur leur prépara un café. De retour, elle s'installa avec eux et, après quelques minutes d'hésitation, se confia :

— Voilà, sœur Odile s'occupait des enfants du foyer, il y a de cela quarante ans. À cette époque, il y avait quelques enfants qui partaient pour le week-end. D'autres restaient la semaine entière, ceux que les parents avaient abandonnés. La plupart d'entre eux étaient maltraités par sœur Odile, mais surtout ceux qui restaient. Certains s'étaient confiés aux autres religieuses ainsi qu'à la mère supérieure. Celle-ci, par peur du scandale, nous avait demandé de nous taire. Que Dieu nous pardonne ! continua-t-elle. Elle fit un signe de croix et leva les yeux au ciel. Sœur Odile battait certains enfants avec cette barre de fer lorsque, selon elle, ils n'avaient pas été gentils. Cela relevait souvent de la torture. Il y avait les coups mais aussi quelquefois la privation de nourriture. Beaucoup d'entre eux faisaient pipi dans leur culotte rien qu'en la voyant arriver.

— Combien avez-vous eu d'enfants et pendant combien de temps ? demanda Yves.

— Pendant quarante ans environ, répondit-elle. Je n'en connais pas le nombre exact mais beaucoup sont passés par ici.

— Vous devez avoir les registres ? continua-t-il.

— Oui, mais les plus vieux ont été mis aux archives.

— Il nous les faut tous ! rajouta John.

— Nous avons eu un malencontreux incendie. Du coup, certains dossiers manquent.

— Ce n'est pas grave, ma Sœur. Nous allons tous les prendre. Cela nous apportera peut-être une piste.

Les deux hommes s'éloignèrent en direction du commissariat avec une pile de dossiers. Ils épluchèrent d'abord les plus anciens puisque, selon le profileur, le meurtrier avait environ quarante ans.

CHAPITRE 4
LES AUTRES

— Une piste enfin, Yves, car en tuant cette religieuse, le meurtrier nous livre un bout de lui-même. Je suis persuadé qu'il a été une victime de sœur Odile. Selon Rameau, il souffrirait d'un syndrome d'abandon et d'une haine des femmes. Tout coïncide ! Au travail !

Le groupe éplucha, des jours et des jours, les dossiers qui leur avaient été remis. Ils ne se donnèrent aucun répit, sachant que le tueur pouvait récidiver à tout moment. Leurs journées longues et éreintantes finirent par porter leur fruit. Ils sélectionnèrent trois profils qui correspondaient à l'âge d'accueil des enfants et l'âge potentiel du tueur. Tous trois d'une quarantaine d'années, deux de sexe masculin et une de sexe féminin. Deux habitaient Paris et le troisième Marseille.

Ils commencèrent par la femme, Martine Sanchez. Elle habitait le XIIe arrondissement. John irait voir l'homme, Pierre, qui habitait en banlieue parisienne.

Yves arriva au bas de la porte d'un logement résidentiel. Une femme d'une quarantaine d'années lui ouvrit. À la vue de la plaque de police qu'Yves lui tendait, elle fut étonnée.

Lorsqu'il lui expliqua qu'il était là pour enquêter sur le meurtre de sœur Odile, le visage de celle-ci, alors interrogateur et méfiant, s'assombrit brusquement, donnant à son regard une expression étrange. Le fait de prononcer le prénom de la sœur en question fit resurgir un fantôme, un souvenir qui semblait ne pas être le bienvenu… Elle referma la porte.

Yves insista, lui expliquant que cela pouvait avoir un lien avec le tueur en série. Après quelques secondes de réflexion, elle le fit entrer à contrecœur. Ils s'assirent autour d'une table en formica, recouverte d'une nappe bleue sur laquelle un vase d'un jaune canari accueillait de jolies fleurs roses. Des photos d'enfants décoraient les murs du salon. Yves alla de suite droit au but afin d'obtenir des renseignements sur la sœur et peut-être le tueur.

— Voilà, je ne sais pas si vous êtes au courant. Les médias en ont beaucoup parlé : sœur Odile a été sauvagement assassinée. Nous pensons, vu le mode opératoire, qu'il s'agit bien du meurtrier des jeunes filles, qui sévit à Paris depuis plusieurs mois.

Yves l'observa, tout en continuant à parler :

— Nous pensons que, si ce tueur en série s'en est pris à cette sœur, c'est qu'il a dû être recueilli, il y a trente ou trente-cinq ans, dans ce foyer. Nous avons donc besoin que vous vous rappeliez des enfants présents à cette époque et que vous me parliez de cette Odile.

Le visage de Martine se figea. Ses yeux, tout à coup absents, partirent dans le vague à fixer ce beau vase. Quand elle releva son visage, Yves comprit qu'elle aussi avait dû endurer un semblable calvaire avec cette femme. Elle se mit à regarder tour à tour les photos de ses deux enfants puis celle de son mari. Avec une certaine émotion dans la voix, les yeux remplis de larmes, elle balbutia :

— J'ai caché toute mon enfance à mes enfants et à mon mari. La Martine d'avant est morte dans ce foyer. Je l'ai enterrée, elle et sa mémoire. J'ai banni tous mes souvenirs, il le fallait pour que je continue de vivre. Pour moi, ma vie a débuté à mes dix-huit ans lorsque j'en suis partie.

Elle sanglota puis avec une voix emplie encore de haine et de rancœur, elle raconta :

— Cela va peut-être vous choquer, mais je suis indifférente à ce qui est arrivé à cette femme, cette sorcière, cet être maléfique. Elle nous martyrisait. On était à cette époque six dans ses filets. Parce que les autres avaient de la famille, elle avait peur qu'ils parlent mais nous, on n'avait personne… On a été ses souffre-douleur pendant tant d'années. Je me rappelle qu'il y avait deux filles, Sophie et Sabine, et trois garçons, Gaston, Robert et Édouard.

— Avez-vous leur nom de famille ?

— Euh, c'est si loin… Pas de tous… Il y avait Robert Dupond, Anna Santiago, Sabine Verger. Les autres, je ne m'en souviens plus.

— Très bien, très bien ! C'est déjà très bien, écoutez, je vais vous laisser. Si quelque chose vous revient, n'hésitez pas à m'appeler. Je vous laisse ma carte. Au revoir, Madame.

— Au revoir, Monsieur... Ah ! Si ! Quelque chose me revient. Édouard collectionnait les soldats de plomb.

Yves sortit bouleversé parce qu'il avait perçu de la souffrance de cette femme, encore présente, restée intacte, momifiée dans un coin de sa mémoire. Celui-ci avait, tel un archéologue, déterré cette partie enfouie. La questionner davantage sur ce passé douloureux n'était pas le but de sa visite. Il sentait qu'il ne devait pas raviver encore cette blessure, au risque de provoquer une réaction trop vive. Il partit sur les chapeaux de roues, impatient de divulguer au commissariat le prénom du tueur. Yves détenait enfin un bout de son identité, son prénom : Édouard !

Édouard, n'ayant pas le temps de chercher des signes de vie de sa mère, chargea un détective privé de la retrouver. Il pensait que ce serait long et pourtant, il l'avait retrouvée. Non, sa mère n'était pas morte, elle vivait. Il ne voulait pas la tuer. Il fallait donc ruser : la voir avant l'apparition de la voix. Il fallait qu'il la rencontre seul.

Après la visite d'Yves, Martine s'assoupit.
— *Martine, Martine, viens me donner à boire, je t'en supplie !*
— *Édouard, je vais attendre qu'elle s'endorme sinon elle va me tuer, chuchota Martine.*
Il avait encore été consigné au cachot. Il y était depuis trois jours maintenant. Il était tout nu sur une paillasse de fer, sans lumière, sans eau, ni électricité.

Chapitre 4

Heureusement, les enfants avaient trouvé une combine pour faire passer des aliments et de l'eau, grâce à une pierre qui s'était détachée et qui permettait de faire rentrer les denrées. Martine ou les autres attendaient la nuit et apportaient ce qu'ils avaient réussi à ramener du réfectoire, caché sous leurs vêtements, du pain ou une pomme.

Martine se réveilla en sursaut. Elle se rappelait…

Édouard était celui qui prenait le plus « parce qu'il était juif ! », comme le disait Odile. Les Juifs sont ceux qui ont tué le Christ ! Il avait un jour pensé à se suicider mais il n'avait pas pu se persuadant qu'il aurait très vite une vie meilleure. Il avait tenu, on ne sait de quelle manière, mais il avait tenu.

Maintes fois, Martine entendait Édouard pleurer de longues nuits, réclamant sa mère. Elle le voyait tenir sa photo, toute la nuit, la suppliant de venir le chercher. Elle se rappelait aussi qu'Édouard avait un autre prénom.

John retourna au commissariat après avoir vu Robert Dupond. Gaston, celui qui habitait Marseille, s'était enfui de l'hôpital psychiatrique dans lequel il était interné et était introuvable depuis quelques mois. Il pouvait être un suspect potentiel. Un mandat de recherche avait été lancé à son encontre. Sabine et Sophie étaient internées pour dépression majeure. L'inspecteur n'en croyait pas ses oreilles.

Pourquoi une femme, qui plus est religieuse, a-t-elle pu avoir tant de cruauté en elle et faire autant de mal ? Elle avait détruit ce pauvre Robert qui était sous traitement depuis vingt ans. Il avait fait de nombreux séjours en psychiatrie pour dépression majeure et troubles obsessionnels. Il ne cessait de prier, ce qui l'empêchait d'avoir toute vie sociale. Cette femme malfaisante avait détruit sa vie. Elle l'avait torturé pendant des années. À chaque fois qu'elle le jugeait pas gentil, elle lui donnait des coups avec sa barre en fer.

Une fois, alors qu'il avait vomi, elle l'avait laissé s'endormir sans nettoyer ses draps. Ensuite, elle lui avait demandé de prier pour se faire pardonner de ses péchés. Robert aurait voulu que cette femme meure bien avant, avouant que, gosse, il avait constamment eu cette envie mais n'en avait jamais eu le courage. Il se rappelait qu'Édouard avait dit qu'il se vengerait pour eux. Le souci est que ni Martine ni Robert ne se souvenaient du nom d'Édouard.

Cependant, l'étau se resserrait. On connaissait son prénom, son enfance désastreuse. Cela permit de comprendre sa structuration psychotique, qui s'était construite entre les mains de cette femme avide de cruauté. Enfance meurtrie mêlée à un sentiment de châtiment et d'injustice, baignée dans une éducation religieuse qui, au lieu de le protéger, le maltraitait. La religion était pour lui synonyme de mal.

John décida de mettre le foyer des sœurs sous protection, ne sachant pas jusqu'où irait Édouard dans sa quête de vengeance.

CHAPITRE 5
LES RETROUVAILLES

Édouard se munit du bout de papier sur lequel était marquée l'adresse de sa mère. Il apprit qu'elle s'était remariée et avait eu deux enfants. De longues heures, il resta là, immobile, devant la façade de cet immeuble parisien, d'allure bourgeoise, ornée de sculptures du XVIe siècle, que les réverbères illuminaient, créant des ombres à la fois inquiétantes et mystérieuses. Elle n'avait même pas quitté Paris. Son appartement était à peine à vingt kilomètres du sien. Comment avait-elle pu l'abandonner ? Il n'arrivait pas à sonner à la porte. Il avait peur de l'explication qu'elle lui donnerait. Il devrait renoncer et s'en tenir à un semblant de scénario, comme la perte de mémoire qu'elle avait dû avoir après un accident de voiture, expliquant pourquoi elle n'était jamais venue le chercher. Non, elle ne pouvait pas avoir renoncé à lui ! Ce n'était pas possible ! Pas elle !

Édouard sortit à nouveau sa photo, creusée, abîmée par ses petites mains qui l'avaient tant serrée, tâchée par les larmes qu'il n'avait pu contenir, jaunie par tous ces jours pendant lesquels il avait tant espéré ! De larges fissures laissaient cependant encore deviner le visage de cette femme souriante au regard doux et protecteur. Comment était-il possible qu'elle ne soit pas morte ? Pourquoi n'avait-elle jamais cherché à le revoir, son fils, la chair de sa chair ? Elle lui avait pourtant promis ! Édouard restait des heures et des heures, quelquefois sous la pluie, à l'observer à travers la luminosité de ses rideaux que la lumière trahissait.

Il était devant une réalité qu'il ne pouvait encore accepter, devant un mauvais film, un scénario, un cauchemar qui défilait sous ses yeux et que l'on aimerait changer. Impuissant, il la voyait préparer le repas. Il la contemplait, la regardait. Il savait qu'elle travaillait dans une librairie. Il l'avait suivie. Après de longues heures, trempé jusqu'aux os, il décida de rentrer chez lui. Édouard s'endormit avec la photo serrée entre ses doigts, pareillement à autrefois. Le lendemain, il irait à la librairie, juste pour entrer en contact avec elle. Il s'en fit la promesse.

Édouard planifiait dans sa tête, jour après jour, la rencontre avec sa mère. Il se répétait des phrases toutes faites qu'il allait enfin pouvoir lui dire. Il s'enformait tous les soirs encore bercé par un scénario qu'il voulait parfait.

Édouard passa la porte de la librairie, faisant retentir la sonnerie. Le magasin était petit mais bien rangé, avec de nombreuses étagères sur lesquelles était disposée une multitude de livres. Au fond, trois petites tables étaient à disposition pour, si on le souhaitait, prendre un café ou un thé. Elle apparut, là devant ses yeux, avec le même sourire, la même douceur qui étincelait dans ses yeux, semblable à la photo. Quelques cheveux blancs dépassaient de son chignon. Elle portait un tailleur beige chic qui mettait en valeur sa silhouette mince et élégante. Elle ne faisait pas ses cinquante-huit ans. Elle avança vers lui :

— Bonjour Monsieur, que puis-je pour vous ?

Édouard ne put lui répondre. Une profonde émotion s'empara de lui. Le mot « monsieur » lui donna un coup de poignard dans le ventre. La voir de si près après tant d'années lui provoqua un choc. Il se retint à une des étagères et serra la médaille qu'il avait autour du cou, celle qu'elle lui avait offerte petit. N'y tenant plus, il sortit de la boutique précipitamment, le souffle coupé.

Il reviendrait une autre fois.

Le mois de février montrait un visage froid et glacial. Cela faisait un mois qu'Édouard entrait dans la boutique de sa mère. Il prenait un café, restait une heure environ à l'observer puis repartait. À chaque fois, il se disait qu'il lui adresserait la parole. Mais c'était plus fort que lui ; dès qu'elle le regardait, il était paralysé. Il se sentait redevenir petit. Il était perdu, propulsé des années auparavant, quand il était encore avec elle. Il avait peur que la voix ne revienne. Il n'avait pas tué depuis deux mois. La voix ne revenait plus, était-ce sa mère qui le tuait, l'éloignait ? Il savait qu'il fallait qu'il lui parle. Tous les jours, il se le disait.

Jusqu'à ce fameux jour…

L'escouade piétinait. Plus aucun crime n'était commis. Paris était donc en rémission mais il ne savait pas jusqu'à quand. On savait que le tueur était l'un de ces enfants maltraités mais c'était tout. Des dossiers avaient disparu, brûlés par un incendie des années auparavant. Ils avaient obtenu un prénom : Édouard. Les mailles du filet se resserraient mais il manquait encore des pièces au puzzle. Aucun ADN ne pouvait confondre le tueur. Il savait qu'un crime supplémentaire ne ferait pas avancer l'enquête.

Édouard décida d'acheter un livre. Il lui fallait un prétexte pour entrer en communication avec elle. Il choisit un roman sur les religieuses puis un second portant le titre *L'Enfant abandonné*. Il les posa sur le comptoir de la caisse, lut les titres à haute voix, la scrutant alors du regard. Il la vit défaillir. Un voile assombrit soudain son visage.

Ses yeux songeurs, absents, se perdirent un instant dans le vague. Cela lui procura de l'espoir : sa mère n'avait pas oublié ; elle ne l'avait pas oublié ; la blessure était encore ouverte ! Il l'invita à prendre un café. Elle accepta. Il n'allait pas lui dire qui il était, non, pas encore. Il voulait d'abord davantage la connaître.

— Excusez-moi si je suis indiscret mais avez-vous des enfants ?

— Euh, oui, deux…

Deux. Il comprit qu'il n'en faisait pas partie.

— Ah, c'est bien ; moi je n'en ai pas. En même temps, on ne pourra pas m'accuser d'être un mauvais père…

Elle regarda son livre. Ses yeux exprimèrent une immense

tristesse. Elle ne put le regarder en face. Il partit avec ses livres.

Il le sentait : il était prêt, prêt à dire que c'était son fils qu'elle avait devant ses yeux, le fils qu'elle avait abandonné. Celui qui l'avait tant idéalisée, tant aimée !

Mais il ne put pas, une force invisible l'en empêcha. Il devait attendre… Mais il le savait, il avait réussi à rentrer en contact. Le lendemain, il reviendrait.

Il espérait revenir sans la voix. Il voulait connaître ses enfants pour comprendre ce qu'ils avaient de plus que lui. Il savait que son fils allait la voir le vendredi soir et sa fille le mercredi après-midi. Il l'avait entendue dire à un client qui demandait de leurs nouvelles. Il n'avait, jusqu'à présent, pas pu être témoin de ces réunions familiales car il ne pouvait pas encore le supporter. Il fallait qu'il sache la vérité. Il devait rencontrer sa famille.

Le printemps débutait tôt cette année. Symbole de naissance, de senteur veloutée. Les bourgeons étaient les témoins du réveil de cette nature. La voix n'était pas revenue depuis plus de deux mois. En revanche, les cauchemars peuplaient toutes ses nuits. Dans ceux-ci, il se voyait tuer sa mère. Il était alors toujours réveillé en sursaut, trempé d'une sueur qui lui glaçait le sang. C'était peut-être la voix qui lui rendait visite la nuit.

On était vendredi. Édouard décida de se rendre dès l'après-midi à la librairie. Il voulait connaître son frère. Il s'installa à une table d'où il pourrait observer cette mère et ce frère dont il ne savait rien.

Un homme entra vêtu d'un chapeau et d'un imperméable qui le faisait ressembler à un inspecteur. Il était encore de dos. Sa mère sortit de derrière la caisse et l'accueillit à bras ouverts :

— Bonjour, John !

Édouard ne voyait pas le visage de l'homme. Elle passa affectueusement la main sur la joue mouillée par la pluie de cette journée, geste qu'elle lui faisait aussi quand, petit, il pleurait.

— Alors, quoi de neuf au commissariat ?

— Rien de neuf, maman. Et tu sais que je ne peux rien te dire sur l'enquête.

John… l'enquête… le commissariat… Ce n'est pas possible !

John se retourna et vit Édouard assis à une table.

— Tiens, que fais-tu ici ?

Ils se côtoyaient depuis si longtemps. Qu'ils étaient frères, ni l'un ni l'autre ne le savait.

— Ta sœur va passer exceptionnellement aujourd'hui, ajouta sa mère.

— Eh bien, on va l'attendre alors ! répondit John.

Une femme rousse entra dans la boutique.

— Bonjour, sœurette ! Et ton amoureux, il n'est pas là ? demanda John.

— Non, c'est fini !

Édouard faisait face à sa sœur, une femme célibataire qui ressemblait tellement à sa propre mère qu'il eut un choc.

Chapitre 5

— Excusez-moi Monsieur, ce soir nous allons fermer un peu plus tôt, car nous avons un repas de famille, s'excusa la mère de John.

— Pourquoi n'irions-nous pas dans le restaurant du bas pour fêter ton anniversaire, maman ? C'est à deux pas d'ici, proposa John.

— Pourquoi pas !

— Cela ne te dérange pas ? demanda John à Édouard en lui montrant la porte et la pancarte « fermé » qu'il était en train de poser.

Était-ce le choc de cette réunion de famille ou le mot « monsieur » qui réveilla la voix ? Elle était revenue tout à coup, sans crier gare. Édouard, pris de panique, balbutia :

— Non, j'avais prévu d'y aller de toute façon.

— Au revoir, Monsieur !

Édouard vit sa mère, son frère John et sa sœur Léna, tour à tour, souhaiter une bonne soirée au « monsieur » qu'il est pour eux. Il les vit s'éloigner à pied dans la rue, se remémorant amèrement les enfants du foyer qui rentraient dans leur famille, pendant que lui attendait désespérément sa mère.

— *Quel beau tableau touchant d'une belle famille pendant que « monsieur » va rentrer tout seul chez lui ! Ah, ah, mon pauvre Édouard ! Toi, tu n'es que le bâtard !*

— Laisse-moi tranquille ! cria Édouard.

— *Qu'est-ce que tu crois ? Qu'il suffit d'un « coucou je suis ton fils » pour qu'ils t'acceptent et que tout change ? Mais regarde-toi Édouard, et regarde-les ! Ils ne veulent pas et ne voudront jamais de toi ! Toi, le morveux, la loque ! Tu n'es qu'un bâtard !*

Il se mit un coussin sur la tête pour ne plus l'entendre. Il ne voulut plus discuter avec elle. Il prit un somnifère pour dormir ; il eut envie de prendre toute la boîte. C'était la première fois qu'il avait cette idée. Il avait envie de mourir. Édouard ne voulait pas tuer toute sa famille ; la voix, si…

Hélène, la femme policière, continuait ses rondes dans l'espoir de croiser le tueur. S'était-il évaporé ? Elle avait particulièrement l'œil sur le nouveau venu, sorti de prison depuis six mois à peine. Elle avait pour habitude de fréquenter assidûment le *Bistrot d'en face*, le jour et la nuit, espérant y trouver le meurtrier. Elle discuta à nouveau avec Ernest présent ce jour-là, lui qui avait également croisé Anna le soir de sa mort.

Il lui livra des informations capitales : Hélène avait oublié, ce jour-là, de mettre son micro. Il venait de lui dévoiler un nouveau suspect, jusqu'à présent au-dessus de tout soupçon.

Hélène décida d'enquêter seule sur cette nouvelle piste. Avant, elle passerait voir le boucher et le coiffeur du quartier. Eux non plus n'avaient pas d'alibi le soir du meurtre d'Anna. Et le meurtrier était un gars du coin. De plus, le légiste avait précisé que le tueur pouvait être un boucher à cause de la façon dont étaient découpés les membres. En outre, il avait l'habitude de fréquenter le *Bistrot d'en face* et détenait une cave. En conséquence, elle décida de rendre visite au boucher en premier.

Cela faisait une semaine que la brigade cherchait Hélène.

Chapitre 5

Aucun corps n'avait été retrouvé. L'équipe, désespérée, continuait à chercher la jeune femme disparue.

Ce jour de mars s'annonçait par un magnifique soleil qui éclairait les pensées que la ville de Paris avait plantées, donnant un peu de verdure et de couleur à cette ville la plupart du temps grise et étouffante. Édouard s'était mis sur son trente-et-un. Il avait rendez-vous avec sa mère. Cela faisait trente-deux ans qu'il attendait ce moment.

Il avait choisi le jour de son anniversaire pour lui annoncer enfin qui il était ! Il savait qu'il serait seul avec elle car les clients ne venaient pas dès l'ouverture à la librairie. Il rentra et prit sa place habituelle. Il l'invita à prendre un café.

Il avait formulé tant de phrases dans sa tête mais il avait décidé de ne rien dire : il avait un autre plan.

Sa mère s'assit à sa table, plus confiante envers cet inconnu maintenant que son fils lui avait dit le connaître.

En effet, elle se sentait étrangement mal à l'aise à son contact. Il la regardait toujours de manière pesante, scrutant son visage, épiant la moindre expression, la moindre intention, la moindre émotion. Comme s'il voulait lire en elle, connaître ses pensées, son passé. Elle trouvait son attitude étrange mais elle n'arrivait pas à comprendre son désarroi intérieur à chaque fois qu'il lui parlait.

Cet homme lui renvoyait quelque chose et elle ne savait pas quoi. Face à lui, elle se sentait mise à nue. Il la déstabilisait, la troublait. Son regard ne cessait de l'interroger. Mais que lui voulait-il ?

Elle s'assit en face de lui, gênée, n'osant pas refuser son invitation. Quelque chose chez cet homme l'attirait et en même temps l'effrayait. Elle n'avait jamais ressenti autant de sentiments contradictoires envers quelqu'un. Devait-elle se méfier de lui ou accepter son amitié ? Contrairement aux autres jours, elle le trouvait particulièrement troublé, nerveux, stressé. Il ne cessait de triturer quelque chose dans la poche de son blouson. Elle but la première gorgée du café qu'elle s'était servi.

C'est là qu'Édouard posa d'un geste brusque la photo de sa mère et le médaillon sur la table.

En voyant le portrait, elle se liquéfia. Elle eut l'impression de sortir de son corps. Ses lèvres se mirent à trembler pendant que de lourds sanglots régurgitèrent au fond de sa gorge, lui coupant toute respiration. Elle voulut prendre l'image d'un geste tremblant mais renversa sa tasse de café. Peu à peu, la photographie s'estompa. La preuve de son lien qui le reliait à cet homme était en train de disparaître. Elle avait compris, et balbutia :

— Oh, mon dieu !

Elle voulut prendre la photo mais se ravisa, ne voulant pas abîmer davantage celle-ci, trop ternie par le temps, noyée par le liquide qui faisait disparaître peu à peu la preuve de ce lien avec cet homme, son passé, le seul objet qui l'avait rattaché à elle depuis toutes ces années. Elle prit la médaille, la retourna et vit l'inscription qu'elle avait fait graver pour son baptême : « À mon fils Henri que j'aime tant, maman ». Ses yeux voyaient à peine les lettres tant ses larmes coulaient. Elle sentit son cœur battre dans sa poitrine si fort qu'elle eut l'impression qu'il allait s'arracher. Sa main tremblante fit tomber le bijou qui s'écrasa au sol.

Chapitre 5

Elle n'arrivait plus à respirer. Elle se demandait si elle rêvait tant le temps s'était tout à coup, pareil à un songe, arrêté. Le passé et le présent se mêlaient, ne faisaient plus qu'un. Elle ne pouvait plus contenir la souffrance qu'elle avait si longtemps retenue, elle s'autorisait enfin à la libérer, à la laisser s'échapper, à la laisser s'exprimer, vivre, prendre une forme humaine. La barricade de ses émotions avait lâché. Les larmes, sèches depuis tant d'années, devenaient un torrent sauvage, incontrôlable, qui, elle le sentait, la soulageait. Elle, Thérésa, n'avait plus à se mentir ni à elle-même ni aux autres ni au monde entier.

Elle ne sut plus combien de temps elle était restée là, fixant le médaillon, sans dire un mot, sans regarder son fils... C'est lorsqu'il lui prit le bras et l'appela « maman » d'une voix douce qu'une plénitude, une sérénité inattendue, la calma.

Elle réussit alors à le regarder, lui, son enfant, celui qu'elle avait abandonné, celui qu'elle n'avait jamais oublié, celui qui, par son absence, avait engendré tant de honte et de tristesse. Cet abandon lui avait enlevé un bout de sa vie, un bout de sa chair, de sa joie de vivre. Elle voulut parler et tout lui expliquer mais aucun son ne sortit de sa bouche. Elle ne put prononcer que son prénom : Henri !

Édouard, en entendant son prénom, devint Henri. Comme si Édouard le psychopathe, Édouard le meurtrier, Édouard l'abandonné, n'existait plus. Toutes ces années d'attente et de désespoir venaient de s'effacer. Ces retrouvailles venaient de tuer Édouard et faisaient revivre enfin Henri. Puis elle murmura dans un souffle :

— Peux-tu me pardonner ? Pourras-tu me pardonner un jour ?

— Pourquoi n'es-tu jamais venue me rechercher, maman ? Si tu savais ce que j'ai vécu là-bas !

Elle n'eut pas encore le courage de lui dire toute la vérité. Elle le prit dans ses bras, caressa ses cheveux et son visage, comme elle le faisait quand il était petit. Puis elle lui chanta une berceuse, celle qu'il préférait, la *Sonate au clair de lune* de Beethoven. Il pleura. Ils restèrent de longues minutes, sans rien se dire. Leurs odeurs, leurs respirations, leurs souffles se mêlèrent, les enivrant de ces étranges retrouvailles. La sonnette du magasin les fit sursauter. Un client entra, c'était John.

— Encore là ? s'étonna John en voyant Édouard.

Il regarda sa mère et comprit de suite que quelque chose d'inhabituel s'était passé.

— Qu'est-ce qu'il se passe ?

Il regarda Édouard d'un air interrogateur puis sa mère. Elle baissa les yeux ; Édouard se leva.

— Repasse demain, arriva à articuler Thérésa.

Henri rentra chez lui en compagnie de la voix qui vociférait des choses qu'il ne voulait plus entendre :

— *Ah, ah, elle ne t'a même pas présenté à ton frère, sale bâtard ! Tu vois, elle a honte de toi ! Tue-la !*

Redevenu Édouard, il prit le soin de mettre le corps d'Hélène dans le congélateur puis prit à nouveau des somnifères. Seuls les cachets et sa mère pouvaient faire taire la voix. Il s'endormit avec le médaillon qu'il tint serré contre lui.

Chapitre 5

***

John, à qui rien n'échappait, posa des questions à sa mère. Il ne l'avait jamais vue dans un état pareil. Elle ne voulut rien lui dire :

— Je t'expliquerai plus tard, John ; pas maintenant, je t'en prie.

Il cessa son interrogatoire mais son esprit de détective s'était mis en marche. Il enquêterait !

Le lendemain, l'inspecteur fit le point avec ses co-équipiers. La disparition d'Hélène était dans toutes les conversations des policiers de tous les commissariats. Tous pensaient qu'elle n'était plus vivante. Le fait de ne pas l'avoir retrouvée découpée et pendue, nue à la vue de tous, identiquement aux autres, prouvait, selon Rameau, qu'elle avait été tuée car elle l'avait probablement démasqué. Elle avait probablement découvert qui était le meurtrier.

Les recherches continuaient. La Seine avait été draguée, les bois aux alentours fouillés. Les hommes de John en déduisirent qu'elle avait été soit enterrée soit emmurée dans une cave. Ils n'avaient aucun indice. En tout cas, puisque Hélène enquêtait dans le quartier, cela confirmait que le tueur était bien du coin.

Il fallut reprendre l'enquête à zéro et interroger à nouveau tous ceux qui n'avaient pas d'alibi mais aussi tous ceux qui étaient présents lorsque le petit nouveau a parlé de la surveillance des églises. L'équipe décida de ne pas écarter tous ceux qui avaient un alibi peu solide ou seulement attesté par leur femme le soir des meurtres des six victimes.

Ils piétinaient. John était conscient que quelque chose leur avait échappé lors des interrogatoires. De plus, aucun gars du coin ne s'appelait Édouard.

Les pièces du puzzle ne s'assemblaient pas. Peut-être que le meurtrier ne faisait pas partie du quartier comme le suggérait Rameau. Ils devaient ratisser plus large. Mais avec quelle piste ? Ils n'avaient rien !

Édouard se leva, ce matin-là, différent. Il avait désormais une famille. Sa mère lui avait demandé de passer dans la journée, ce qu'il ferait. À cet instant, il savait que les mailles du filet se resserraient. Il se demandait ce que son frère John savait de lui. Curieusement, il n'avait plus peur d'être démasqué depuis qu'il avait retrouvé sa mère. Il était enfin serein et il était enfin quelqu'un. Il se sentait de moins en moins Édouard et seul cela comptait. Il devait connaître son histoire et la vérité et cela, même au prix de son arrestation. Il savait que si John faisait le lien entre le foyer et lui, il serait suspecté et incarcéré. Il s'apprêtait à partir lorsqu'il reçut la visite de John et d'Yves :

— Désolé de retarder ton départ, mais on interroge tout le monde au sujet des six meurtres, commença John.

Il reprit ses notes :

— Hélène est venue te voir régulièrement ?

— Qui est Hélène ? demanda Édouard.

— C'est une policière qui enquêtait sur les meurtres et

qui a disparu. Tu ne lis pas les journaux ? Tout le monde en parle actuellement !

— Ah oui, euh pardon, euh non, mais oui elle venait régulièrement.

Édouard transpirait. Il était nerveux et mal à l'aise, ce qui n'échappa pas à John.

— Tu ne l'aurais pas vue avec quelqu'un le jour de sa disparition ?

— Euh non, j'étais pas à Montmartre, ce jour-là.

— Et que faisais-tu ?

— Je me promenais.

Édouard ne pouvait pas dire qu'il avait tué Hélène car elle l'avait découvert.

— J'en déduis que pour ce jour-là, tu n'as pas d'alibi alors ?

Il transpirait de plus en plus.

— Quelqu'un t'a-t-il vu ? continua John.

Il ne répondit pas mais fit signe de la tête que non. Personne ne l'avait vu.

— Je te demanderai de ne pas quitter la ville. Tout le monde redevient suspect numéro un !

John et Yves sortirent.

Édouard retourna en direction de la librairie. Il sentit que maintenant il était suspecté.

Peu importe, il allait connaître la vérité à propos de sa mère. Il espérait que cela ne réveillerait pas la voix. Il n'en était pas sûr mais il devait savoir.

Quand il rentra, il la trouva en train de l'attendre, assise à la même table. Son expression était différente ; elle était ainsi qu'autrefois, avec un regard plein d'amour mais aussi de regret ; cela l'émut.

Aucune personne ne l'avait regardé ainsi depuis ses huit ans. Cela lui avait tellement manqué mais aussi la présence de sa voix douce, enveloppante, qui donnait la certitude que rien de grave ne pouvait arriver, de ses bras qui l'entouraient d'une douce couverture apaisante, rassurante et qui le faisait se sentir en sécurité et juste aimé !

Aimé, voilà ce que voulait Édouard, être aimé.

Quand il s'assit, il vit des larmes dans ses yeux qui contrastaient avec son sourire. Elle lui prit la main. Des gouttes d'eau suivaient le sillon de ses joues ridées. Ils se regardèrent de longues minutes sans se dire un mot. Ces retrouvailles suspendaient le temps tel qu'un rêve. Il aurait voulu que cela dure toujours et rattrape ces années d'absence douloureuse. Il pouvait, tel un enfant, se noyer dans ses yeux, son souffle, son odeur, de même qu'il le faisait petit. Sa mère était là, vivante !

Il posa sa main sur la sienne et l'émotion l'empêcha de prendre la parole. Pourtant, il voulait tant savoir ! Il savait qu'il y avait une bonne explication et qu'elle ne l'avait jamais abandonné. Elle allait lui dire et la voix l'entendrait. Ces révélations tueraient à jamais Édouard. Il allait enfin redevenir libre grâce à ce qu'elle allait lui dire. Il voulut parler mais elle le devança :

Chapitre 5

— Si tu savais combien de fois j'ai rêvé de ce moment. À chaque minute de ma vie, de mes nuits qui ne me laissaient jamais en paix. Oh mon dieu, qu'ai-je fait ? Je ne voulais pas te laisser dans ce foyer. Mais voilà, j'ai rencontré le père de John et de Léna et tout s'est enchaîné très vite. Je suis tombée enceinte rapidement et je ne voulais pas lui dire que j'avais un autre enfant. En tout cas, pas tout de suite...

J'ai eu peur qu'il me laisse tomber comme l'avait fait ton père il y a quarante ans. Je t'ai élevé toute seule jusqu'à tes huit ans mais je n'y arrivais plus... Je ne trouvais pas d'emploi et je voulais que tu ne manques de rien. Je ne savais pas que ces femmes étaient mauvaises... Oh mon dieu !

« Maintes et maintes fois, j'ai essayé de lui dire mais j'avais toujours cette peur. Puis, après John, Léna est arrivée. La vie a continué. J'ai monté cette librairie avec l'aide du père de John. J'ai beaucoup travaillé pour en arriver là, tu sais ! Ensuite, je n'ai plus osé lui parler, me disant qu'il ne comprendrait pas, que c'était trop tard ! Puis leur père est mort il y a dix ans et j'ai continué à garder le silence. Je m'en veux, si tu savais ! Je n'ai jamais pu être heureuse à cause de ton absence, à cause du fait que je ne pouvais pas te choyer, avec mes autres enfants...

Édouard eut un choc. Il aurait voulu une autre explication : un accident, une amnésie, un handicap, une paralysie. Mais pas ça... Non, pas ça... Pas ça !

Il ne put le supporter et sortit précipitamment.

— *Tu as vu, j'avais raison ; elle a honte de toi, bâtard ! Alors que comptes-tu faire maintenant, sale morveux ? Tu vois, j'avais raison, j'ai toujours raison ! Ah, ah !*

CHAPITRE 6
UNE TRACE D'ADN

Il rentra chez lui. Il savait. Sa mère venait de libérer la voix ; la voix voulait tuer sa mère ; Henri, non. Alors, il pensa à son autre mère…

— On a un autre cadavre sur les bras, John !

Alors que tout Paris était en rémission depuis trois mois maintenant, ce jeudi-là, la vie d'une femme s'était brutalement arrêtée.

Le corps gisait sur le sol, dénudé, un membre en moins. Le légiste vit de suite des traces sous les ongles de la victime. Il s'écria :

— Elle l'a griffé, John !

C'était la première fois que le tueur enfin laissait un bout de lui-même sur la scène de crime qu'il s'évertuait toujours à aseptiser.

De retour au commissariat, l'équipe était en effervescence. Le tueur avait commis une erreur. La drogue n'avait pas dû agir de la même façon sur cette victime.

Lorsque le rapport du légiste arriva sur le bureau, tout le monde retint sa respiration. Ce qu'il y avait dedans allait peut-être enfin permettre de démasquer l'assassin. John prit l'enveloppe l'ouvrit et cria :

— On a un ADN les mecs ! Convoquez tous les suspects potentiels. On va enfin pouvoir les comparer et arrêter ce salaud !

Le patron du bar, le boucher, le coiffeur et l'ancien détenu furent les premiers à être amenés au commissariat. Un agent prit soigneusement leur salive à l'aide d'un écouvillon, sorte de bâtonnet, qu'il referma dans un tube pour analyse. Il leur demanda de ne pas quitter la ville. Tous étaient prêts à fêter l'événement, pensant enfin coincer le coupable, quand les résultats tombèrent. En voyant la tête d'Yves, John comprit que quelque chose n'allait pas.

— Aucun ADN ne correspond à nos suspects. Ils n'ont rien à voir avec tous ces meurtres ! maugréa Yves.

Le commissariat venait de prendre un coup de massue.

— Il faut que l'on fasse un appel à témoin pour la nuit de jeudi à vendredi, afin de savoir si quelqu'un n'aurait pas vu ou entendu quelque chose. Je contacte les journaux, continua John. C'est pas possible, ce mec n'est pas l'homme invisible quand même. Quelqu'un a dû le remarquer à son insu !

De longs jours passèrent. Le moral de l'équipe était au plus bas et les journaux s'en donnaient à cœur joie ! Tout en dénigrant la police, jugée impuissante par les médias, ceux-ci distillaient un sentiment d'insécurité, une véritable psychose dans le quartier de Montmartre. De nombreuses femmes changeaient leurs habitudes, certaines rentraient à leur domicile en taxi. La peur était palpable et la méfiance des habitants amenaient à tous les coins de rue une sorte de suspicion. Beaucoup se regardaient en chien de faïence. John était à prendre avec des pincettes et ne dormait plus la nuit. Puis un coup de fil apporta un élément à l'enquête. Une vieille femme affirma avoir entendu, dans l'appartement du dessus, des bruits étranges durant cette fameuse nuit. John décida d'y aller en compagnie d'Yves. Le logement se situait à Montmartre dans une maison rénovée. Il y avait plusieurs studios. Elle habitait au rez-de-chaussée.

Une femme âgée ouvrit aux enquêteurs.

— Venez, Messieurs, entrez ! Je vous l'ai indiqué au téléphone, j'ai d'importantes révélations à vous faire. Vous savez, à cause de mon âge, je me réveille toujours vers deux heures du matin. J'ai entendu une dispute et un bruit sourd, cette nuit-là. Ensuite, j'ai vu mon voisin du dessus traîner quelque chose dans les escaliers. J'ai regardé par mon judas et j'ai vu un tapis enroulé. J'ai trouvé cela étrange !

— En effet, c'est étrange, dit Yves.

— Qui habite au-dessus de chez vous ? questionna John.

— C'est Eddy Potier, un homme solitaire qui parle peu. Il travaille pour la ville. Il voit une femme assez fréquemment, une belle rousse, qui n'est pas plus bavarde que lui d'ailleurs ! Ils ont toujours refusé mes invitations.

— Bon, on va le cueillir sur son lieu de travail et demander un mandat.

L'équipe, sirène hurlante, arriva très vite à l'endroit où il travaillait. Il s'occupait de l'entretien des rues. Un homme d'une taille moyenne, assez chétif, était en train de balayer les trottoirs du quartier. Il s'étonna de voir ces deux policiers lui demander de les suivre au commissariat. Il s'exécuta sans opposer aucune résistance. Il fut immédiatement placé en garde à vue. Un échantillon de son ADN fut prélevé et de nombreuses questions sur son emploi du temps de la nuit de jeudi à vendredi lui furent posées. Eddy était un homme brun, d'une quarantaine d'années, assez menu et maigre. Cela coïncidait peu avec le portrait du profileur.

John lui montra les photos de la jeune femme assassinée, qu'il ne put regarder. Or, elle était, sa voisine l'avait confirmé, la petite amie d'Eddy.

— Je suis innocent ; je l'aimais ; je ne l'ai pas tuée !

— Eh bien, c'est l'ADN qui parlera ! On doit recevoir les résultats dans vingt-quatre heures. En attendant, on va te garder ici ; cela te rafraîchira peut-être la mémoire !

Le suspect fut mis en cellule. Toute l'équipe retrouvait de l'espoir. Yves surprit John qui fumait un cigare dans son bureau, chose qu'il ne faisait que lorsqu'il était préoccupé. Ces vingt-quatre heures furent les plus longues de la carrière de l'inspecteur. Il aurait tant voulu pouvoir se projeter dans le temps à la vitesse de la lumière. Pendant ces deux jours, Yves enquêta sur Eddy Potier. Ce qui les inquiétait était que cet homme n'avait pas été scolarisé dans le foyer de sœur Odile. L'escouade pensait que Rameau s'était trompé. Après tout, persiflait Yves : « Ce mec, n'est pas un flic ! »

Chapitre 6

John, toujours enfermé dans son bureau, ordonna que personne ne le dérange. Yves, à qui rien n'échappait, savait que son co-équipier était tracassé, ce qui ne présageait jamais rien de bon. Les résultats tant attendus arrivèrent dans l'enveloppe et fut remise à John. Ce bout de papier allait sonner le glas de l'attente interminable.

Un silence de plomb accompagnait l'ouverture de l'enveloppe et rendait ce moment solennel.

— Bingo, ça y est ! On l'a, ce salaud !

L'équipe revint chercher Eddy et lui annonça la nouvelle. Eddy était méconnaissable. Il s'écroula subitement, pleura, expliqua qu'il ne voulait pas la tuer mais qu'elle avait décidé de le quitter.

— Je n'ai pas supporté ! Je ne sais pas ce qui m'a pris… Je m'en veux terriblement ! C'est un accident, répéta-t-il en boucle.

— Et pour les autres victimes que tu as mutilées, c'était aussi un accident ? lui répondit sèchement Yves.

Eddy exigea un avocat sur le champ et se referma, semblable à une huître. Ce n'est que lorsque celui-ci arriva qu'il accepta de confirmer ses alibis pour les soirs des autres meurtres.

Le problème est qu'il avait un alibi pour chacun d'eux.

— Je m'en doutais, marmonna l'inspecteur. Ça collait pas avec les autres meurtres ! Elle n'a pas été droguée et a reçu un coup sur la tête. L'étranglement a eu lieu après. Il a maquillé sa mort ! Merde, on revient à la case départ !

L'effervescence et l'exaltation de l'arrestation d'Eddy retombèrent, laissant place à une déprime certaine.

CHAPITRE 7
LES KIDNAPPINGS

— Que me voulez-vous ?
— Juste te montrer ce que vous avez laissé faire, mère supérieure !

Édouard, en prononçant « mère supérieure », faisait des effets de manche. La religieuse, Anne-Marie, était attachée aux barreaux des étagères de la cave d'Henri. Elle tremblait de tous ses membres et serrait sa croix. Ses yeux fatigués ne pouvaient voir distinctement Édouard. L'humidité de la cave glaçait tout son corps. Elle regarda tout autour d'elle et s'arrêta devant le congélateur. Édouard en profita pour sortir la langue de sœur Odile et lui jeter à la figure. Un cri effroyable retentit ; elle hurla.

— Que me voulez-vous ? Je ne vous ai rien fait !
— Ah ça, tu peux le dire que tu n'as rien fait, toi et ta bande de copines, quand on est venu te raconter ce que nous faisait Odile ! Vous avez laissé faire et voilà ce que vous avez fait de moi !

Édouard avait enlevé la mère supérieure après l'entrevue désastreuse avec sa mère. Il avait profité de sa visite régulière au cimetière pour la menacer d'un couteau et la prier de le rejoindre dans sa cave, par l'entrée qui donnait dans une petite rue. Il avait décidé de faire payer son « autre mère ».

— Vous allez me tuer comme sœur Odile ?

Édouard prit une barre de fer et la roua de coups, puis il la laissa ainsi vivante, couchée sur le sol de la cave avec un bout de pain sec et un bol d'eau.

— Non, je ne vais pas te tuer tout de suite. Avant, je veux que tu subisses ce que j'ai enduré par ta faute ! T'inquiète pas, tu auras bientôt de la compagnie !

Édouard remonta chez lui puis se coucha.

Le lendemain, une autre jeune femme était dans la cave.

***

— John, ta mère au téléphone !

Il prit le combiné.

— Ta sœur a disparu ! Elle devait déjeuner avec moi et n'est pas venue. Elle ne répond pas au téléphone et n'est pas chez elle !

Yves et John sortirent toutes sirènes hurlantes pour se rendre à la librairie. La mère de ce dernier était écroulée et une terrible angoisse se lisait clairement sur son visage. L'inspecteur, bien que très inquiet, se voulut rassurant :

— On a posté des patrouilles dans tout Paris. On va la retrouver, je te le promets.

John lui demanda si elle n'avait pas vu ou entendu

quelque chose d'inhabituel. Elle ne lui parla ni d'Henri ni de leur entrevue trois jours auparavant. Elle ne fit aucun lien avec son fils. Elle ne savait pas que le tueur avait été élevé dans ce foyer.

L'équipe apprit très vite la disparition de la mère supérieure. John savait que ces deux faits avaient un lien avec le psychopathe.

— Il change de mode opératoire, confirma Rameau. Il ne tue plus ses victimes, il les kidnappe avant. Quelque chose s'est passé : quand un psychopathe change de scénario criminel, c'est qu'il est face à un événement inhabituel ou qu'il se sent traqué ! Ce qui le pousse à tuer vient de changer subitement. Son chemin de vie n'est peut-être plus le même, alors il modifie son crime. S'il les kidnappe, c'est qu'il veut faire subir à ses victimes autre chose que la mort. Il veut certainement faire passer un message. Cela nous laissera du temps pour les retrouver.

John devait réinterroger Ernest mais ne le fit pas, trop préoccupé par la disparition de sa sœur à qui il donnait la priorité.

Édouard avait enlevé sa propre sœur. La voix lui ordonnait de la tuer, alors qu'il désirait juste atteindre sa mère. Il voulait lui faire subir ce que l'absence d'un être cher, sans certitude de le revoir un jour, peut faire naître dans chacun de ses viscères et chacune de ses entrailles. La terreur, le tourment, le désespoir que cela déclenche. Il voulait que sa mère souffre autant que lui avait souffert.

***

Le lendemain, il descendit dans la cave, dès qu'il le put, pour admirer le spectacle. La mère supérieure était toujours en train de prier.

— Quel beau tableau ! ricana Édouard. D'un côté, de jolies retrouvailles familiales, hein sœurette ! De l'autre, une femme de Dieu, qui a laissé ses enfants sans défense entre les mains d'un monstre !

Léna écarquilla les yeux :

— Une réunion de famille ? Vous devez vous tromper, je ne vous connais pas !

— Ah, ah, si sœurette, tu me connais : je suis ton frère !

— Je n'ai qu'un frère, monsieur ; vous devez vous tromper !

— Ah oui ? Ben, tu demanderas à ta mère, si c'est le cas ! Ah, ah, si tu sors vivante de cette cave ! Ta gentille mère m'a abandonné avant que tu ne viennes au monde, jolie poupée !

— Ce n'est pas possible ; il doit y avoir une erreur… Laissez-moi sortir, je ne dirais rien… Je vous en supplie !

— Ah, ah, tu vois, on ne connaît pas toujours sa famille ! Je veux que maman sache ce que cela fait de ne pas savoir si elle te reverra un jour… En attendant, mange ça, sœurette !

Il lui jeta un morceau de pain sec, lui donna un bol d'eau et ajouta :

— C'est ce que nous donnait sœur Odile quand on n'était pas sage ! Ah, ah, au fait, je m'appelle Édouard Pignon.

Henri ne prononçait pas son vrai prénom. La voix prenait le dessus, elle le contrôlait. Henri disparut. Avant de remonter dans sa tanière, il arracha le crucifix que mère supérieure tenait serré contre elle. Il lui prit si violemment qu'un filet de sang s'échappa de ses mains.

— Il t'abandonnera, ton bon dieu, comme il l'a fait avec moi !

Il lui asséna un coup sur la tête. Son cuir chevelu saigna si abondamment que l'odeur du sang emplit toute l'atmosphère de la cave.

— Quand je reviendrai, je t'arracherai un à un les ongles de tes mains.

***

Elle repensa à son fils. Elle se sentait mal à l'aise depuis leur dernière entrevue et comprenait qu'il n'accepte pas la vérité. Elle en souffrait terriblement. Maintenant, sa fille avait disparu.

Sa vie était un vrai cauchemar. Elle était à mille lieux de faire le lien avec Henri, son fils retrouvé, et n'était pas encore prête à en parler à son deuxième fils, John. Henri ne lui avait même pas dit où il vivait ; elle ne pouvait donc pas aller le voir. Elle était perdue, anéantie, bouleversée.

***

Les journaux ne parlaient plus que des kidnappings. Il se rendit au commissariat. Il pensait que l'équipe devait savoir ce qu'il avait révélé à Hélène le soir de sa disparition. Celle-ci étant sur le terrain, il rencontra le petit nouveau sorti de ses archives pour sa pause-café. Il profita de l'absence de ses collègues pour prendre sa déposition. Il savait qu'il n'en avait pas le droit mais voulait faire à nouveau partie de l'enquête. Il sut enfin qui elle avait démasqué le jour de sa mort. Toujours aveuglé par sa soif de réussite et de revanche, il garda cela pour lui, décidé à jouer en solo afin de sortir de sa situation, et cela, même s'il n'avait plus son arme.

Cela faisait une semaine que Léna et la mère supérieure étaient dans la cave. Amaigries, déshydratées, elles attendaient chaque jour la mort, ne sachant pas quand celle-ci allait frapper.

Édouard avait tenu parole et avait arraché un à un les ongles de la religieuse, provoquant chaque jour une douleur insupportable. Ses cris effroyables résonnaient toujours en boucle dans la tête de Léna qui ne le supportait plus. Elle craignait de devenir folle. La mère supérieure divaguait et parlait à Dieu, disant le voir à ses côtés. La jeune fille commençait à se résoudre à l'idée de mourir ; elle ne réaliserait pas ses rêves : rêve de famille, rêve professionnel. Elle ne voulait pas partir, pas si jeune !

Édouard ne la violentait pas contrairement à « sa colocataire » qui perdait de plus en plus de force.

De temps en temps, pour qu'elle tienne, Léna lui laissait son morceau de pain.

Chapitre 7

Puis Édouard descendit de moins en moins à la cave ; leurs maigres portions se firent rares. Elles décidèrent d'économiser l'eau. Les lèvres brûlées, assoiffées, des crampes d'estomac, le corps endolori par les chaînes qui les retenaient, s'ajoutaient à leur calvaire quotidien. Elles craignaient de mourir de soif ; elles décidèrent alors de boire leur urine pour survivre. La religieuse priait tous les jours. Malgré sa fièvre et le peu de force qu'il lui restait, elle put balbutier et expliqua alors à Léna le péché mortel qu'elle payait aujourd'hui. Elle lui parla de sœur Odile et de la maltraitance que les enfants lui avaient rapportée. Elle ne pensait pas que celle-ci avait été aussi extrême et avait mis cela sur le compte de l'exagération dont font preuve parfois les enfants. Elle comprenait aujourd'hui qu'elle devenait, par omission, complice de toute cette horreur. Il est vrai qu'une des sœurs lui avait pourtant fait part des actes étranges auxquels s'adonnait sœur Odile. Alors oui, elle méritait cette souffrance et la mort. Elle était prête à mourir et se repentait devant Dieu.

Édouard ne descendait plus à la cave. Il craignait que la voix lui ordonne de les tuer. Il pensait à sa mère et à la souffrance qu'il lui imposait jour après jour. Il lui arrivait de la voir, de la rue, à travers des rideaux qui ne masquaient pas la détresse dans laquelle elle se trouvait. Il la voyait souvent la tête dans les mains pendant de longues heures. Il se demandait si son absence lui avait infligé la même torture. Il voulait qu'elle endure le même calvaire.

John tournait en rond, à fleur de peau, et craignait pour la vie de sa sœur. Il ne comprenait pas pourquoi l'enquête piétinait tant. Si seulement certains dossiers n'avaient pas brûlé dans cet incendie, le tueur serait déjà sous les verrous. Mais personne, dans le quartier, personne ne s'appelait Édouard !

***

Henri avait décidé de changer de nom à dix-huit ans. Il avait ajouté une lettre : sa mère s'appelait Pigno, il s'appellerait Pignon. Cette modification du patronyme était possible pour des raisons personnelles. Lui ne voulait plus porter le nom de celle qui l'avait abandonné, renié.

Cela lui permettait pour l'instant de ne pas être inquiété par l'enquête mais il savait qu'il se ferait arrêter tôt ou tard.

Son changement de prénom lui était venu à l'esprit un jour, après quelques mois de maltraitance, à force de parler à un enfant imaginaire prénommé Édouard. Quand il était seul et apeuré dans ce cachot, cet ami imaginaire lui tenait compagnie, le rassurait, le calmait et lui apprenait à se défendre. Il lui commandait certaines pensées, lui ordonnait de haïr sœur Odile pour avoir moins mal. Il lui apprit, quand elle le maltraitait, à s'imaginer lui faire la même chose, mais en pire pour atténuer sa douleur.

Un jour, Édouard et lui ne firent plus qu'un. Celui-ci devint méchant et prit possession de son corps et de ses pensées. C'était lui qui commandait ; il avait dix-sept ans.

Henri, à sa majorité, quitta le foyer. Édouard s'était

alors peu à peu estompé. Henri se sentait à la fois plus libre mais coupable de laisser Édouard. Cependant, il le savait, ses envies, ses pensées ne coïncidaient plus avec ce à quoi Édouard aspirait. Il voulait une vie libre, sereine, saine, sans révolte alors qu'Édouard, lui, n'avait que rancœur, férocité et vengeance.

Mais Henri ne vivait plus dans la violence et ne voulait plus ressentir toute cette haine ni cette exécration. Il arrivait à survivre, vivait de petits boulots, logeait dans une chambre du XIe arrondissement.

CHAPITRE 8
LE BASCULEMENT

Un jour, il décida de s'engager dans l'armée. Il avait vu une campagne de recrutement à la télévision. Puisqu'il n'avait plus de travail, l'idée lui parut bonne. Dès son habilitation, il comprit qu'il ne resterait pas longtemps. Les insultes des petits chefs, les punitions lui rappelèrent trop le foyer. L'armée réveillait Édouard. La maltraitance, il connaissait et ne voulait plus la vivre ! Or, à l'armée, elle était quotidienne. Il n'y avait pas de violence physique mais des brimades psychologiques. Il fut viré de l'armée. Si l'on ne l'avait pas séparé, il aurait étranglé un de ses sous-chefs qui profitait de son grade pour assouvir ses pulsions sadiques. Ce jour-là, son supérieur l'avait traité de bâtard…

Il reprit la vie civile et se trouva un autre travail. Il réussit avec sa solde à se payer un studio. Il devint magasinier. Son salaire arrivait à le nourrir et à le loger correctement. Cela lui suffisait.

Édouard passait quotidiennement devant le fleuriste de son quartier. C'est là qu'il l'aperçut pour la première fois, à travers la vitrine du magasin où elle travaillait. Il fut saisi par sa beauté. Sa chevelure brune contrastait avec ces roses rouges et ces multiples bouquets de fleurs qui tapissaient la boutique. Étant très timide, il ne sut pas de quelle manière l'aborder. Il décida de l'observer à travers la vitrine, assis au café d'en face, pendant de longs mois. Chaque jour, il devenait plus amoureux. Cette fille l'obsédait nuit et jour. Il devait la rencontrer. Il échafauda de multiples scénarios puis franchit, un jour, le pas. Il entra, acheta un bouquet de roses rouges qu'il lui offrit et l'invita à prendre un café, après son service. Elle accepta à son grand étonnement, puis tout s'enchaîna très vite. Il se virent tous les jours, ne se quittant plus. C'est tout naturellement qu'ils prirent un petit appartement dans lequel ils s'installèrent, à proximité de leur travail.

Il se sentait bien avec Mireille. La vie lui paraissait si simple. Tous deux partageaient les mêmes goûts, la même philosophie de la vie. Elle remplissait son vide intérieur, son manque d'amour, ses fêlures, ses failles. Il se sentait revivre et devenir un homme semblable à tout le monde. La vie commençait enfin à lui sourire.

Pour le premier anniversaire de leur rencontre, il décida de lui offrir un petit chaton. Cela faisait un an qu'ils vivaient ensemble et tout se passait bien. Henri avait vingt et un ans. Mireille lui parlait constamment de son enfance heureuse auprès de ses parents maintenant décédés. Henri ne se lassait pas de l'écouter, bercé par ses phrases qui lui apportaient une chrysalide de soie, protectrice, lui renvoyant des sensations douces, nouvelles, celles qu'il aurait tant voulu connaître, et qui le protégeait de ses souvenirs douloureux. Il tentait de se construire une autre enfance à travers elle. Il prenait un bout de son histoire et se l'appropriait, comme si c'était la sienne ; cela mettait Édouard à distance. Il se réparait à travers elle, à travers la normalité de sa vie et de la sérénité qu'elle dégageait.

Souventefois, il se surprenait à s'imaginer une vie avec Mireille et des enfants. Il se disait qu'elle serait forcément une bonne mère reproduisant ce qu'elle avait vécu. Elle ne serait capable d'aucun acte de cruauté, il en était sûr !
Le chaton qu'il lui avait offert était en fait une femelle qui avait mis bas. De magnifiques petits chats étaient nés. Il était ému par cet animal qui protégeait ses petits. Il ne se lassait pas de l'observer donner la tétée, les laver, les emmener dans leur nid douillet.
L'hiver et les vacances de Noël approchèrent et Henri lui proposa de l'emmener à la neige. Elle n'avait jamais vu la montagne. Elle accepta avec fougue. Il passerait chercher lui-même les réservations du petit chalet. Il voulait lui faire la surprise du lieu. Ils partiraient dans trois jours.
Ce jour-là, il faisait un vent glacial. Le ciel épais et cotonneux était bas, donnant l'impression d'emprisonner Paris sous une coupelle. Il arriva rayonnant de joie avec le contrat de location et l'embrassa. Il avait tout prévu.

C'est quand ils allèrent se coucher que le drame se produisit. Les chatons et la mère étaient dans une caisse au fond de la chambre. Les miaulements de tous ces petits êtres berçaient toujours Édouard telle une douce mélodie. Après quelques minutes d'un long silence, trop long, lui indiquant que quelque chose n'allait pas, il se leva et s'approcha de la caisse. Il constata qu'elle était vide. Il se tourna d'un air interrogateur vers Mireille qui lui dit d'un ton détaché :

— Oh, si tu cherches les chatons et la chatte, je les ai mis dehors. Tu comprends, on ne peut pas les emmener là où on va ! Tu comprends, Henri !

Elle se recoucha.

C'est à ce moment-là qu'Henri comprit qu'Édouard était toujours en lui, prêt à réapparaître à la moindre réminiscence de son abandon. Il ne se reconnut plus. Une envie soudaine et inconnue de la tuer et de l'étouffer sous son oreiller lui vint si violemment qu'il hurla pour la sauver :

— SORS DE LÀ ! MON DIEU, SAUVE-TOI !

Mireille, dans un sursaut, se leva et le fixa étrangement. Le visage d'Henri était déformé, méconnaissable. Il sentit une force meurtrière qu'il n'avait jamais ressentie s'emparer de lui. Cette chose prit alors tout son corps et sa tête. C'était comme si un esprit s'emparait de son être ; il avait l'impression qu'une autre âme maléfique entrait en lui. Était-ce le diable ? Il comprit qu'il allait la tuer. Il fallait qu'elle parte loin, loin, loin de lui, loin d'Édouard. Il se mit à hurler :

— Va-t'en, je t'en supplie, va-t'en ! Fous le camp ! Dégage !

Alors qu'elle ne bougeait toujours pas, ne comprenant pas ce qui se jouait, la voix rauque d'Édouard, méconnaissable, déformée par la haine, hurla dans un ultime et dernier désespoir :

— *Pars ou je vais te tuer, je vais te tuer !*

Chapitre 8

Mireille pensant sa colère disproportionnée eut le malheur de répondre :

— Ben quoi, ce ne sont que des chatons ! Henri, que t'arrive-t-il ? Je t'en prie, calme-toi !

Il sut à cette seconde qu'Édouard allait mettre à exécution sa menace ; Henri n'avait plus le dessus…

Il se dirigea vers elle tel un automate, commandé par Édouard, prit son cou dans ses mains et serra. Il la regarda, vit ses yeux horrifiés le fixer, sa bouche se crisper mais il ne lâcha pas. Henri ne voulait pas mais c'est Édouard qui le commandait. Henri voyait la scène du dessus, impuissant, affolé, spectateur du meurtre qu'il était en train de commettre. Il sentit le pouls de sa fiancée se débattre. Il sentit sa vie s'essouffler, s'affaiblir puis partir.

Ses yeux le supplièrent, l'interrogèrent, lui renvoyèrent l'horreur de son geste et son incompréhension.

Puis il ne sentit plus son sang battre à travers sa carotide ; ce fut la fin. Dans un dernier regard, un dernier *gasp*, Mireille lui donna sa vie. Il resta toute la nuit éveillé à fixer son corps et à parler à Édouard. Son esprit confus le réprimandait.

Il pleurait Mireille alors qu'Édouard était indifférent, vide. Il comprit qu'il avait aidé Édouard à la tuer. Il ne voulait pas, il souffrait, se dégoûtait, se faisait horreur. Édouard, lui, argumentait :

— *Cette fille n'est pas mieux que ta mère, elle ose sacrifier des chatons, que fera-t-elle de ses enfants ? Je n'avais pas le choix Henri ; cette femme n'était pas pour toi ! Elle t'aurait fait souffrir !*

Il resta près de trois jours avec le cadavre de sa fiancée puis le jeta dans la Seine.

Après cela, il s'enferma dans sa chambre de longs mois et dans une lourde dépression nerveuse, entrecoupée de dialogues avec Édouard. Sa folie avait pris un tournant décisif. Édouard était revenu !

Alors Henri décida de ne plus rencontrer de femme. Édouard le laisserait alors tranquille. Après le meurtre de Mireille, il décida de voyager.

CHAPITRE 9
ELIZABETH

Il parcourut de nombreux pays, trouva un travail puis voyagea à nouveau. Il ne savait plus si c'était lui ou Édouard qu'il fuyait.

Il se rendit en Afrique où il rencontra Elizabeth, une Anglaise. Il cherchait un endroit dans l'espoir d'un avenir meilleur, sans voix, sans démon. C'est à Banfora, petit village du Burkina Faso, à cinquante kilomètres de Ouagadougou qu'il décida de s'installer. Cette ville, qui s'était développée grâce à l'industrie de la mangue et de la canne à sucre, pouvait lui offrir du travail. Il l'avait préférée à Oranica, village où se regroupaient tous les blancs. Il voulait oublier la France et se fondre parmi la population locale. Sa vie simple et rude lui suffisait. Lors de ses jours de repos, il se rendait à Ouagadougou. C'est là qu'il rencontra Elizabeth, une Anglaise. Henri avait trente-sept ans et Elizabeth trente. Elle s'occupait d'un orphelinat pour enfants auxquels elle donnait des cours. Elle lui disait que ces enfants étaient un peu les siens. Au village, les gens s'amusaient à l'appeler « mère Thérésa ». Elizabeth n'était pas croyante. Il tomba amoureux fou de cette femme, si protectrice, si maternelle, si douce et bonne. Voyait-il, à travers elle, la mère qu'il n'avait jamais eue ou était-il admiratif de cette créature qui se dévouait à ces enfants abandonnés ? Un enfant comme lui. Elle lui donna le courage de se fixer, ici, loin de tout, au milieu de ces gamins qui retrouvaient le sourire en sa présence. Seul cela le rendait heureux. Par précaution, il refusa de s'installer avec elle lorsqu'elle le lui proposa. Il préférait vivre seul et la protéger d'Édouard. Puis elle lui eut envie d'avoir un enfant. Henri ne voulait pas de famille. Cela était devenu un sujet de dispute permanent. Il ne savait pas jusqu'où Édouard pouvait aller et il avait peur de lui-même.

Devenir père pourrait le guérir ou au contraire aggraver son état. Il ne savait plus qui il était vraiment, ni de quoi il était capable. Il ne s'était jamais remis du meurtre de Mireille et son souvenir ne cessait de le hanter. Il ne savait plus s'il était humain.

Un jour, alors que rien ne le présageait, Elizabeth le quitta soudainement, sans l'en avertir, pour l'Angleterre. Il eut juste un message :

« J'ai besoin d'autre chose ! Ne m'en veux pas et n'essaie pas de me contacter. »

Henri crut qu'il allait mourir de désespoir et de chagrin. C'était la deuxième fois qu'on l'abandonnait. C'est à ce moment-là qu'Édouard réapparut et ne le quitta plus. Henri retourna à Paris.

CHAPITRE 10
LE JOURNAL INTIME

John décida d'interroger à nouveau les anciens enfants du foyer. Quelque chose lui avait sans doute échappé. Il retourna voir Martine et lui posa de nouvelles questions. Elle lui révéla qu'Édouard n'était pas son vrai prénom mais celui de l'ami imaginaire qu'il s'était inventé. John lui demanda si elle se souvenait de son vrai prénom mais elle affirma que non. Elle lui avoua qu'elle l'entendait dans le cachot parler à Édouard et à une certaine Thérésa.

— C'est sa mère, je pense.

— Et vous vous souvenez du nom de sa mère ?

— Non, il ne voulait jamais le prononcer. Je crois qu'il écrivait un journal intime qu'il cachait dans sa cellule.

— Merci, vous nous avez bien aidés. On va fouiller les lieux.

Les deux policiers se rendirent à nouveau au foyer. Cette bâtisse faisait toujours froid dans le dos. Ils demandèrent à une sœur de leur ouvrir le cachot. C'était la même que celle qui les avait menés au corps sans vie de sœur Odile.

— Ce n'est pas un cachot, c'est une remise, dit-elle.

— Oui ben, quand on y enferme quelqu'un, c'est pour moi un cachot ! maugréa Yves.

Elle ouvrit la minuscule pièce dans laquelle un adulte ne pouvait tenir mais un enfant si, à condition de ne bouger que d'un centimètre. Rien que d'y séjourner, ne serait-ce qu'une heure, était un acte de torture. Alors y passer toute une semaine relevait de la pure cruauté mentale. Comment pouvait-on infliger cela à des gosses ?

Ils inspectèrent la pièce, y trouvant des inscriptions, des prénoms gravés sur le mur. Il y avait près d'une vingtaine d'écritures différentes, stigmates de ce qu'avaient dû subir ces gamins. Au bout de la pièce, une pierre descellée, qui donnait dans le couloir, permettait à Martine et aux autres de dissimuler de la nourriture. Au fond, une autre pierre était détachée, derrière laquelle se trouvait un petit carnet caché : c'était le journal intime d'Édouard. Ils rentrèrent, conscients de ce trésor qui allait, ils l'espéraient, leur révéler l'identité d'Édouard.

Des passages émouvants retraçaient le calvaire d'Édouard. Ainsi pouvait-on y lire :

Sœur Odile m'a encore enfermé car j'ai fait tomber mon morceau de pain au réfectoire. Elle m'a dit qu'il ne fallait pas gâcher la nourriture que Dieu nous donnait. Elle m'a donné dix coups de règle sur la main. Du coup, j'écris de la main gauche car la droite me fait trop mal.

Chapitre 10

Heureusement, je peux parler à Édouard, mon ami du cachot. Je crois qu'il est gentil.

« Hum, Édouard est donc gaucher », pensa John.

Des passages intolérables constituaient pratiquement le contenu de ce petit journal dans lequel sévices corporels, privations de nourriture et violences psychologiques ne cessaient que très rarement. Des dates étaient inscrites pour chacun d'entre eux :

le 24 août : la tête
le 30 septembre : la main droite
le 24 novembre : jambe droite
le 15 décembre : la jambe gauche
le 24 décembre : le bras gauche

Régulièrement, ce petit gamin était battu, torturé. Édouard était consigné quinze jours par mois au cachot pour le moindre prétexte. Lorsqu'elle ne le frappait pas, elle le privait de liberté, de lumière, de nourriture. John continuait de lire :

Sœur Odile ne m'aime pas car je suis juif. Elle dit que ce sont les Juifs qui ont tué Jésus Christ.
Édouard voudrait qu'elle meure mais je sais que c'est mal de tuer les gens.
Dans mon sommeil, je rêve que je lui arrache la langue et que je lui crève les yeux puis que

je la tue. Je sais que c'est Édouard qui vient me le dire quand je dors. Je le gronde en lui disant que c'est pas bien.

HP

Puis les propos furent de moins en moins différenciés ; on ne savait plus qui écrivait. Plus on avançait dans la lecture, plus les paroles étaient virulentes, féroces, violentes. À la fin du journal, seul Édouard écrivait et signait E.P.

— Hum… signé HP… son prénom commence par un H et son nom par un P. On tient un indice, Yves !

— Son prénom n'est pas Édouard mais H comme Henri ou Hubert… C'est pour cela que ça ne collait pas !

— Regarde, continua John, certaines dates correspondent aux différents meurtres et l'organe manquant à celui qu'Odile avait frappé ce jour-là !

— Quelle est la date du prochain meurtre alors ?

— J'ai recopié les dates de son journal intime sur mon calepin. Le 13 mars, il a reçu des coups à la tête.

— Pourtant, ça fait trois mois qu'il n'y a pas eu le moindre crime. Or, il est battu une fois par mois, comment expliques-tu cela ?

— Rameau nous l'a dit, un choc a pu changer son mode opératoire. Il y a un événement qui a freiné sa cadence. On doit trouver ce type avant qu'il ne continue à respecter les dates de son journal intime !

CHAPITRE 11
ERNEST

La disparition du jeune inspecteur dont parlaient tous les journaux avait fait revenir Ernest au commissariat. Il demanda à voir John.

— Bonjour Ernest !

Ernest était un homme assez petit, voûté, d'une soixantaine d'années et dont le visage témoignait de son addiction pour l'alcool. Il parla alors à John de la déposition qu'il avait faite une semaine plus tôt avec le petit nouveau. John fit un bond.

— Quoi, mais il devait rester aux archives ! Et pourquoi ne nous en a-t-il pas parlé ? Merde, décidément... Je vais voir en bas dans ses affaires personnelles si je ne trouve pas une trace de ton témoignage. En voulant jouer au cow-boy, non seulement il entrave l'enquête mais en plus il met sa vie en danger. Il a disparu et ça ne présage rien de bon !

Ernest attendit et vit revenir John avec un papier froissé.

Il s'assit et se mit à lire sa déclaration puis fit un bond dans son fauteuil :

— Ernest Grignon déclare avoir vu le patron du bistrot d'en face s'absenter une heure le soir du meurtre d'Anna !

— Putain, mais pourquoi tu as menti !

— Je sais, j'ai fait une énorme connerie. Il m'avait promis la gratuité de son bar à vie…

— Ok, je vais inspecter la remise du bar. Yves, termine sa déposition.

***

John quitta le commissariat sans mettre les sirènes cette fois-ci. Il roula et bien qu'il eût du mal à imaginer ce type en psychopathe, il savait par expérience qu'il ne devait écarter aucune piste. Certains faits commençaient à peser lourd contre lui. Il devait déjà vérifier s'il y avait une remise ou une cave dans ce bar, et si elle donnait sur la rue. Il entra. Le patron n'était pas là ; et à chacune de ses absences, c'était un habitué du bistrot qui prenait le relais. Il ne lui fallut pas longtemps pour trouver l'entrée de la remise. Une porte camouflée par une tenture à fleurs s'ouvrit dans un lourd fracas, donnant accès à des marches. John dut forcer cette porte sans mandat car celui qui surveillait ne savait pas où se trouvait la clé. Il se doutait que cela allait lui attirer des ennuis. Mais il pensait davantage à sauver sa sœur qu'au bon déroulement du procès à cette minute, pas même au vice de procédure que son intrusion non réglementaire engendrerait. Pour la première fois de sa vie, il fit un écart de conduite. L'obscurité, l'odeur de renfermé et d'urine lui sautèrent au visage.

Chapitre 11

Il alluma une lampe torche et descendit une à une les marches qui lui parurent interminables. Il espérait qu'il ne se trompait pas et surtout qu'il n'allait pas tomber sur le cadavre des deux femmes. Il savait qu'il ne s'en remettrait pas. Étaient-elles encore vivantes ou les avait-il étranglées puis avait-il tranché l'un de leurs membres ? Il retint sa respiration, épia le moindre bruit qui le rassurerait. Bien que non croyant, il se surprit à prier pour qu'elles soient en vie. Puis il les vit toutes les deux.

Elles se tenaient là, entrelacées. Leur visage effrayé, ébloui par la lumière, révélait une figure creusée par l'angoisse et la peur. C'est Léna la première qui reconnut son frère.

— John !

Elle avait dû perdre au moins dix kilos ; mais elle était bien là et vivante. Pour la religieuse, les coups l'avaient mise dans un sale état. De multiples blessures infectées, de nombreux bleus avaient provoqué une fièvre. Son front ruisselait de sueur, elle délirait. John appela une ambulance puis ses équipiers. Il serra fort sa sœur, la prit dans ses bras. Encore attachée par des chaînes en fer qui lacéraient ses poignets en sang, elle ne cessait de répéter :

— C'est notre frère, John, c'est notre frère ! Le tueur est notre frère, John !

Il ne fit pas attention, mettant ses propos sur le compte du choc. Elles partirent toutes les deux vers l'hôpital. L'équipe une fois arrivée, John inspecta la cave. Des soldats de plomb étaient disposés en ligne sur une des étagères du haut ; des couteaux, une hache, posés sur une table éclairée par une faible lumière, présentaient encore du sang séché de ses anciennes victimes. Deux crucifix étaient accrochés au mur, comparables à des trophées ou des œuvres d'art. Ils devaient être ceux de sœur Odile et de la mère supérieure. Puis, il vit, au fond de la cave, un meuble recouvert d'une couverture. Il la souleva et recula d'effroi ; à l'intérieur se trouvait le corps d'Hélène et du petit nouveau. À droite, une multitude de membres étaient empilés pêle-mêle. Il referma le congélateur, fit signe à l'équipe scientifique et sortit de l'antre du diable, de l'enfer que constituait ce lieu.

Une fois dehors, il prit une large inspiration. L'enquête était enfin bouclée. Le monstre sera bientôt hors d'état de nuire, et sa sœur vivante ! L'équipe scientifique termina son travail.

Il appela sa mère pour lui annoncer la bonne nouvelle. Il pensa enfin souffler mais ne savait pas encore que cette histoire était loin d'être finie.

CHAPITRE 12
LE SECRET DE FAMILLE

John était, en effet, loin de s'imaginer qu'il allait découvrir qu'Henri était son frère. Il savait que les criminels pouvaient revêtir plusieurs masques, du plus sympathique au plus horrible. Généralement, ils étaient tous, au premier abord, plaisants. Il faisait partie de ceux-là. Son flair averti de vieux flic n'avait pas fonctionné avec lui. Peut-être qu'une fois dans le bar, il laissait à la porte son habit et son esprit d'inspecteur. Il y allait toujours pour souffler. Ce bistrot était son sas de décompression, sa soupape de sécurité, une bulle dans laquelle il se sentait bien, pour redevenir un homme simple et laisser son esprit vagabonder, se relâcher, se détendre et revenir à la vie normale.

C'est peut-être pour cela qu'il n'a jamais vu en Henri un coupable potentiel. Il était son pansement, sa verveine… Sa sympathie naturelle lui faisait du bien, le réconciliait avec la vie, avec l'humain et lui faisait oublier tous les loups qui étaient dehors. John était donc sonné par cette découverte mais il ne savait pas qu'il allait connaître une vérité tout autre.

Après quelques heures, la scientifique rentra ainsi que son équipe. John décida d'attendre Henri seul, assis à une table. Après quelques minutes, il le vit entrer. Il ne bougea pas, l'observa du coin de l'œil et de son chapeau. Il lui adressa un large sourire ; l'inspecteur lui fit signe de s'asseoir à sa table.

— Je t'offre quelque chose ?

Il accepta un café. Henri était mal à l'aise et sentit que John était différent, tendu, froid.

— Ça ne va pas ?

— Oh si, très bien, très bien ! Tu peux m'offrir du champagne car on connaît enfin le nom du meurtrier.

Il devint mal à l'aise.

— Tu l'as arrêté ? demanda-t-il.

— Non, mais cela ne va pas tarder.

John se leva et fit tomber à ses pieds un soldat de plomb. Henri comprit que c'était fini pour lui. Le policier dégaina aussitôt son arme et le mit en joue.

— Henri Pignon, vous êtes en état d'arrestation. Tout ce que vous direz pourra être retenu contre vous, lors de votre procès. Vous avez le droit de garder le silence et de faire appel à un avocat.

Il se laissa menotter. En entrant au commissariat, Yves vit Henri assis dans la salle des gardés à vue. Il ne paraissait ni nerveux, ni coupable. Il demanda au profileur de venir. Il interrogeait un fou ; il devait prendre toutes les précautions. John entra dans la salle d'interrogatoire. Henri le regarda d'un air de vainqueur mais également avec une lueur indescriptible dans les yeux. Ce qu'il allait révéler à John le ferait se dessaisir de l'enquête et provoquerait chez lui un tsunami émotionnel.

Chapitre 12

— Bonjour John ! Je t'attendais petit frère !

Il ne répondit rien.

— Tu ne me crois pas, hein ? Notre mère, si parfaite, ne peut pas avoir fait cela, hein ? Pourquoi crois-tu que j'allais lui rendre visite à la librairie ? Tu te rappelles la fois où tu es venu, c'est le jour où je lui ai annoncé qui j'étais !

John ne pouvait pas croire cela. Il sortit de la salle, sonné, sous le regard de ses collègues. Ce qu'il ne savait pas c'était que sa mère avait accouché sous X.

— Qu'est-ce que c'est que ce délire ! s'écria-t-il.

— On n'a pas les dossiers, ce qui nous empêche de vérifier cela, précisa Yves.

— Il n'y a rien à vérifier ! Il ne peut être mon frère ! Tu vas pas croire les délires d'un psychopathe quand même !

— John, tu dois convoquer ta mère !

— Hors de question !

— Écoute, reprit Yves, si c'est vrai, tu seras dessaisi de l'enquête, tu le sais.

— Bon dieu, tu es mon collègue, tu vas pas croire ce fou !

John, résolu à tirer cela au clair, prit son chapeau et sortit, exaspéré, en direction de l'hôpital.

Il entra dans la chambre où Léna dormait paisiblement. Il vit sa mère à son chevet pleurer, encore ébranlée par le kidnapping de sa fille. Il s'avança sur la pointe des pieds, prit la main de sa sœur et déposa un baiser. Il embrassa sa mère sur le front et lui demanda de le suivre au commissariat. Il ne dit rien au sujet d'Henri et de sa révélation rocambolesque. Elle ne posa pas de questions, ce qui l'arrangea, et le suivit.

— Pourquoi roules-tu si vite, John ? Quelque chose ne va pas ?

Il garda le silence, ne voulant pas l'ennuyer avec cette histoire ridicule de frère tombé d'on ne sait où et, qui plus est, se trouve être le psychopathe de Paris. Il se gara brusquement dans le parking du commissariat. À son arrivée, l'équipe conduisit Thérésa dans une salle opposée à celle de la garde à vue dans laquelle se trouvait Henri. On lui précisa qu'on allait lui présenter le kidnappeur de sa fille. On lui indiqua qu'elle pouvait assister à l'interrogatoire, à travers la glace sans tain.

Thérésa s'avança. Elle ne comprenait pas pourquoi elle devait rencontrer ce psychopathe mais elle s'exécuta. Elle entra et l'aperçut.

Il était assis là, à une table, menotté, les yeux hagards. Elle s'évanouit.

Après quelques minutes, le temps pour elle de reprendre connaissance, elle s'assit sur la chaise, face à la glace teintée. Henri ne pouvait l'apercevoir. Elle trouva qu'il avait un autre visage, celui d'Édouard sans doute. Ses yeux perçants et menaçants, ses lèvres pincées, son attitude haute, dédaigneuse et terrorisante, lui glaçaient le sang. Il ne ressemblait plus à l'homme qu'elle avait rencontré maintes et maintes fois à la librairie. Yves lui demanda doucement :

— Est-ce votre fils ? Cet homme affirme qu'il est votre fils.

John fixait sa mère, attendant une réponse négative qui mettrait fin à ce moment fantaisiste. Elle le regarda droit dans les yeux et murmura dans un souffle et une voix éteinte :

Chapitre 12

— Oui, c'est mon fils, Henri.

John s'assit, prit son chapeau et resta le regard hagard dans le vide un long moment.

— Mais non, c'est pas possible, ce n'est pas mon fils, le kidnappeur ! Mais dis-leur qu'ils se trompent, John. Dis-moi qu'il n'est pas le meurtrier, ce n'est pas possible, ce n'est pas lui !

— Je l'ai moi-même arrêté il y a une heure, maman.

— Oh mon dieu, non ! Mais pourquoi a-t-il fait cela ? Pourquoi as-tu fait ça, mon Henri ! Oh mon dieu, mon dieu, non pas lui, pas lui !

Puis, regardant John atterré s'agripper à son chapeau pour se donner du courage, elle ajouta, dans un sanglot :

— Je voulais t'en parler depuis longtemps. Mais j'attendais le bon moment. En fait, cela fait trente-deux ans que j'attends ce moment. Je n'ai jamais trouvé le courage d'en parler ni à toi ni à ton père.

« Je suis une mère lâche ! Oui, je suis lâche et voilà le résultat. Je voulais t'expliquer depuis si longtemps, te dire que j'avais eu une vie avant ton père et vous.

Une vie que j'ai voulu enfouir mais une existence qui ne m'a jamais permis d'avoir du répit. Si seulement j'avais eu le courage de tout vous dire, j'aurais, je pense, eu une meilleure destinée, sans cette honte qui ne m'a jamais quittée. Puis à la mort de ton père, j'ai voulu joindre Henri mais il voyageait et je ne pouvais pas le contacter. C'est lui qui m'a trouvée, il y a quelques semaines. Tout cela m'a explosé en pleine figure mais je peux enfin me regarder dans une glace, sans éprouver de remords ni de honte ! Honte de ne pas avoir pu le garder, honte de l'avoir abandonné et honte de ne pas avoir pu le retrouver. Thérésa s'assit en face d'Henri qui ne pouvait pas la voir. Yves entra dans la salle de garde à vue et s'assit en face de lui.

— Allez, c'est fini Henri, parle !
— Je m'appelle Édouard ! Pas Henri, vous faites erreur !
— Pourtant ta mère qui est là nous dit bien que tu t'appelles Henri !

Son visage se radoucit soudain et prit un air enfantin de petit garçon, d'homme innocent et inoffensif. Son regard se perdit, affolé comme s'il comprenait tout à coup la gravité de ce qu'il avait fait. Sa voix changea également brusquement, elle ressemblait à celle d'un petit garçon. Il se tourna vers la glace et dit :

— Je veux voir ma maman !

La mère de John regarda l'inspecteur qui lui fit signe de venir. Elle se leva, ses jambes la portant à peine, entra dans la pièce et s'assit en face de son fils.

L'inspecteur quitta la pièce. Thérésa prit la main d'Henri.
— Mon fils, je suis là !
Il se mit à pleurer.
— Je suis un monstre, maman. Édouard est un monstre.
— Qui est Édouard ? demanda-t-elle.
— *C'est le garçon que tu as abandonné, mère indigne !* Édouard est revenu. *Tu as engendré un monstre ! Ah c'est pathétique, quand on y pense, de savoir que c'est ton autre fils qui m'a arrêté. Quel beau tableau de famille !*

Thérésa déposa la photo qu'il avait oubliée à la librairie.

Chapitre 12

Édouard, en la voyant, redevint Henri. Il la serra entre ses mains et pleura, pleura.

— Pourquoi as-tu fait cela maman, pourquoi ? Je voulais une famille, je voulais être heureux, je voulais juste rester un enfant. Au lieu de cela, je suis devenu, par sa faute, un monstre. C'est à cause d'Édouard, maman ! Moi, je ne voulais pas. Non, je ne voulais pas faire de mal, mais Édouard si ! Sans lui, je ne sais pas ce que je serais devenu dans ce foyer, maman. C'était si dur, si dur ! Je t'ai tant attendu, maman. Pourquoi n'es-tu jamais venue ! Pourquoi ?

Sa mère ne put dire un mot. Les larmes coulèrent. Elle prit ses mains et les embrassa.

— Tu n'es plus seul maintenant. Je viendrai te voir et je vais engager un avocat qui te défendra.

Le psychologue, présent dans la salle, lui demanda de les suivre dans une autre pièce, avec Yves.

Après avoir arpenté un long couloir, ils se retrouvèrent dans le bureau du profileur.

Il regarda un instant Thérésa et la pria de s'asseoir dans ce petit bureau un peu encombré, rempli de dossiers qui s'entassaient.

— John n'est pas là ? demanda-t-il.

— Non, il est parti sans dire un mot.

— Il comprendra, il faut lui laisser du temps. J'imagine que cela n'est pas facile pour lui de découvrir qu'il a un frère et que celui-ci est l'homme qu'il a arrêté... Mais il reviendra vers vous. Je vous ai fait venir pour vous parler de l'état mental d'Henri, vous devez savoir.

Le psychologue lui tendit un mouchoir afin qu'elle sèche ses nombreuses larmes qui ne cessaient de couler.

— Votre fils souffre de démence. Nous sommes face à un cas de dédoublement de la personnalité. Il s'est inventé un personnage, Édouard, qui l'a aidé à surmonter les sévices qu'il a subi dans ce foyer. Édouard était plus fort qu'Henri, il le protégeait, il l'a créé pour veiller sur lui. C'est Édouard qui correspond à la deuxième personnalité de votre fils, celle qui lui demande de tuer ces femmes, ces jeunes filles célibataires afin qu'elles ne puissent jamais devenir mère et d'éviter la souffrance d'autres enfants par l'abandon ou la violence.

Il tue également à travers elles la seule mère qu'il a eue : sœur Odile. Pour lui, une mère se résume à cette femme. Il tue celles qui cherchent l'âme sœur et qui veulent construire une famille. Il doit connaître leurs désirs puisque toutes fréquentent le bar de votre fils.

— Oh, mon dieu, tout cela est ma faute, se lamenta Thérésa.

Elle regarda Yves puis ajouta :

— Si seulement je ne l'avais pas laissé. Il faut qu'on l'aide, Yves, je lui dois au moins ça ! Je vais engager un avocat.

— Il faudra plaider la démence. Je pense l'hypnotiser et filmer la séance pour la présenter au jury le jour de l'audience, expliqua Rameau.

— Où va-t-il être emmené maintenant ? demanda Thérésa.

— Le psychiatre expert est arrivé. Il se chargera de demander un internement en hôpital psychiatrique, ajouta Rameau.

— Dans quel établissement va-t-il être placé ?

— Je ne sais pas encore mais vous devez rentrer chez vous et vous reposer maintenant. Un inspecteur va vous raccompagner.

Thérésa se leva.

— J'aimerais que vous assistiez aux séances d'hypnose. Cela vous serait-il possible ? lui demanda Rameau.

Elle accepta.

CHAPITRE 13
LE PROCÈS

— Madame Pigno, qu'avez-vous à dire pour votre défense ?

Thérésa se leva péniblement, affaiblie, fatiguée, anéantie par sa détention à la prison de Nanterre. Elle tenait à peine debout. Son fils, John, et sa fille, Léna, craignaient un malaise de sa part. Ils pressentaient qu'elle ne supporterait ni la détention ni le verdict qui serait bientôt rendu.

— Qu'avez-vous à dire concernant le meurtre de votre fils Henri ?

Elle dut faire un effort surhumain pour rassembler ses idées et ses souvenirs. Elle ne voyait pas qu'un meurtrier en cet homme mais aussi un fils, la chair de sa chair et un enfant qui, meurtri par des années de mauvais traitements, avait basculé.

Plusieurs mois plut tôt, Henri était à sa place d'accusé. Le procès avait été affreux car le récit et la douleur des familles des victimes la hantaient encore. De nombreuses familles détruites à vie avait défilé une à une à la barre, criant leur souffrance et demandant la mort de son fils, du « monstre ».

Elle se sentait responsable des meurtres commis et du fait que la défense n'avait comme stratégie que celle d'appuyer sur l'enfance désastreuse d'Henri, due à l'abandon, à la maltraitance qui l'avaient fait basculer dans la folie. Le procès de son fils était également le sien. Elle se souvenait de la suspension de l'audience, lorsqu'une maman s'était jetée sur son fils dans une rage décuplée par la douleur.

Ce qui était très difficile pour Thérésa était que, malgré l'ignominie de ses actes que rien ne pouvait excuser, elle avait choisi le camp de son fils. Elle aussi était aux yeux du monde une sorte de monstre. Et jamais elle n'aurait cru un jour défendre un meurtrier.

Elle mentionna donc le procès, le verdict de perpétuité, qui conduisit Henri à être interné en hôpital psychiatrique que l'enfermement tuait peu à peu, le ramenant à ses années de foyer. Elle évoqua sa grève de la faim, sa sonde, les liens qui l'attachaient à son lit d'hôpital afin qu'il se laisse soigner, qu'il vive coûte que coûte, alors qu'il voulait mourir. Elle se remémora les directives d'Henri pour l'aider à en finir. Elle se souvint de l'annonce que lui avait faite le médecin de l'hôpital au sujet de son fils et de son cancer qui le condamnait d'avance puisqu'il était déjà en phase terminale.

Son enfant était destiné à mourir à petit feu quand il ne le savait pas et dans d'horribles souffrances, cela était certain. Alors, peu à peu, à son insu, était née la décision de le délivrer de sa douleur, lui prouvant enfin qu'elle l'aimait, elle, sa mère qui l'avait mis au monde puis l'avait abandonné. Elle, qui avait fait de lui ce monstre mais pas qu'un monstre, un adulte en souffrance, un enfant qui n'avait pu se développer normalement par sa faute. Un enfant qui l'avait tant réclamée, qui avait tant souffert de son absence.

Alors oui, elle se sentait responsable de son état mais aussi redevable envers lui. Alors oui, elle lui avait apporté ses somnifères un jour de visite afin de mettre fin à sa douleur physique et psychique. Oui, elle avait pris l'une des décisions les plus dures de sa vie. Oui c'était un acte d'amour, et non, comme voulait le faire croire l'accusation, une vengeance, un acte honteux d'une mère indigne et sans cœur.

Elle devait dire tout cela, même si, elle le savait, elle ferait de la prison. Lors des séances d'hypnose, elle avait compris tout ce qu'il avait vécu et subi par sa faute. Henri ne s'était pas défendu au procès car les médicaments ne faisaient plus revenir Édouard. Il faillit aller en prison. L'hôpital restait pour lui un enfer, un endroit qui lui rappelait tant ce foyer, ses religieuses monstrueuses. Elle ne parla pas des lettres d'insultes qu'elle avait reçues pendant le procès qui la traitaient de mère indigne et de meurtrière.

Alors oui, elle accepta de dire l'indicible, l'irrémédiable et oui, elle donna les médicaments à son fils et elle était désormais prête à le payer très cher. Elle tenait toujours la lettre que lui avait écrite Henri le soir de son suicide. Elle décida de la lire à la cour comme ultime défense, seul témoignage de son amour pour son enfant.

Elle se leva, prit la feuille froissée par les nombreuses lectures et tâchée d'encre délavée formant de micro sillons, telles de petites rivières que ses larmes avaiant formées, puis lut sur un ton presque inaudible :

Je t'ai aimé, et je t'aimerai toujours, même de là-haut où je continuerai à t'aimer et à te protéger. Ton geste restera à jamais gravé dans mon cœur. Je sais que tu as pris la décision la plus dure qu'une mère puisse prendre. Je peux partir en paix, ne plus souffrir.

Que Dieu pardonne à Édouard ce qu'il a fait. Il a aussi tué Mireille et il veut partir également... Tu aurais été une mère merveilleuse car tu es une maman fantastique, je le sais aujourd'hui mais c'est Édouard qui l'ignorait. Quand je mourrai, je fredonnerai la berceuse que tu me chantais quand j'étais triste, celle que l'on se chuchotait ensemble quand on s'est retrouvés. Cette chanson, je la chantais toujours dans le cachot quand Édouard n'était pas là.

Oh maman, tu m'as tant manqué, mais je sais qu'on ne pourra plus ni toi ni moi retrouver ces années, et que rien ne sera plus pareil. Tu me disais que tout était de ta faute. Non, c'est moi qui aurais dû savoir comment chasser Édouard. Tu as essayé de me retrouver à la mort du père de John. Et rien que cela me rend heureux et me fait dire que tu m'as aimé et que tu m'aimes encore. Je sais que beaucoup ne comprendront pas ton geste. Tu risques d'aller en prison pour cela mais je leur demande de croire et comprendre que cela est un acte d'amour inconditionnel et non de la cruauté.

Au revoir maman,
Ton fils Henri qui t'aime,
HP

Chapitre 13

Sa voix eut du mal à lire cette lettre, lecture entrecoupée de sanglots qui lui étranglaient la gorge. L'assemblée fut émue par cette femme qui crachait sa souffrance, ses regrets, ses remords mais surtout son amour envers ce fils qu'elle n'avait pas pu élever, chérir, choyer, aimer. Et ce fils qu'elle avait aidé à mourir.

Après un long silence, son avocat lui demanda si elle lui avait répondu. Elle fit un signe positif de la tête. La défense l'invita alors à lire à la cour cette autre lettre. Henri la reçut le soir de sa mort.

« À mon fils Henri,

Je te confie cet enregistrement que tu pourras écouter et que je te faisais entendre lorsque tu avais du mal à t'endormir. Tu reconnaîtras la *Sonate au clair de lune* de Beethoven que tu adorais tant ! Je ne serai pas à tes côtés lorsque tu t'endormiras pour toujours.

J'aurais tant voulu être là chaque matin où tu te levais, chaque nuit où tu t'endormais, chaque jeu où tu te blessais. J'aurais tant désiré être présente pour tes devoirs, tes premières sorties, tes premières histoires d'amour, tes premiers diplômes.

Sache que je regrette tellement et que je regretterai toute mon existence ce que j'ai fait !

Ma vie sans toi n'a pas été heureuse car une partie de moi était amputée. Ce manque n'a jamais pu être comblé. J'ai tant pensé à toi toute mon existence que je qualifierais de ratée. Ma vie a été terne et triste car une vie sans l'amour de tous ses enfants n'est pas vivable. Je me suis levée tant et tant de fois, me demandant ce que tu devenais, ce que tu faisais. J'étais à mille lieux d'imaginer ce que cette sœur te faisait endurer. J'aurais dû parler au père de John ; je m'en voudrais jusqu'à ma mort. Mais de quelle façon avouer à son mari que l'on est un monstre qui a abandonné son propre enfant ? J'ai été lâche et cette souffrance a été mon purgatoire.

Je t'aime, je t'ai toujours aimé et je t'aimerai toujours.

Je ne veux pas que tu souffres plus que tu n'as déjà souffert. Je sais que, comme tout être humain, tu as le droit de refuser les douleurs que tu endures et celles qui viendront dues à cette maladie qui te ronge. Je sais que mon geste restera incompris mais je dois le faire. Te voir sur ce lit d'hôpital attaché, amaigri, avec cette sonde dans le nez, m'est insupportable et c'est pour toi intolérable.

Pourquoi se forcer à vivre si cela est une torture ?

Je sais que ton absence va m'anéantir mais te laisser ainsi n'est tout simplement pas humain. J'espère que, de là-haut, tu continueras à communiquer avec moi, même si je sais que tu ne crois pas en Dieu.

Je sais que tu resteras dans mon cœur à jamais.

Ta mère qui t'aime et qui te demande pardon. »

— Mais croyez-vous en Dieu, Madame Pigno ? Savez-vous que l'euthanasie est interdite en France ? Comment saviez-vous que votre fils n'aurait pas pu guérir ?

— Le médecin est formel : il était condamné. J'avais demandé à ce que la dose de morphine soit augmentée. Mais il avait refusé catégoriquement, prétextant que cela mettrait sa vie en danger. Henri se tordait quotidiennement de douleur dans son lit. Je ne pouvais plus le supporter ! Pourquoi ce médecin voulait-il prolonger la vie de mon fils alors que celle-ci n'était faite que de souffrances ! Était-ce qu'Édouard n'était aux yeux du docteur qu'un criminel et non un être humain ? Est-ce que le fait que le psychologue soit issu de la famille de la première victime y était pour quelque chose ?

— Objection, votre honneur ! La prévenue porte des accusations extrêmement graves contre un psychiatre, qui plus est, soumis au serment d'Hippocrate ! Et cela sans preuve tangible !

— Objection retenue, fit le procureur.

— Il ne faisait rien contre sa douleur, vous entendez, rien ! Mais c'était mon fils !

Thérésa, submergée par l'émotion, avait prononcé cette dernière phrase dans un hurlement de détresse et de désespoir. Elle fit un malaise, l'audience fut reportée.

John rentra chez lui complètement anéanti. Dans trois jours serait rendu le verdict. Les enfants de Thérésa espéraient la clémence. Clémence car leur frère souffrait psychologiquement et physiquement. Clémence car Henri était condamné à mourir. Clémence pour cette mère qui avait tenté par cet acte de lui prouver tout son amour, celui qu'elle n'avait pas pu lui donner.

***

John avait rendu visite à Henri à l'hôpital. Il avait mieux compris l'attachement qu'il avait eu pour cet homme dont il ne savait rien. John était très tourmenté par les sentiments qu'il avait ressentis pour cet homme qu'il croyait être son ami et avec lequel il s'était senti en confiance et par le fait de découvrir non seulement que ce monsieur tout le monde était un criminel, mais qu'il était en plus son propre frère ! Ce monstre avait le même sang que lui. Il fallait qu'il se confronte à cet ancien ami et à ce nouveau frère.

Il lui avait fallu beaucoup de temps pour se décider à aller le voir. Ce qui destabilisait l'enquêteur était qu'Henri, finalement, lui ressemblait sur beaucoup de points. Comment un monstre pouvait-il avoir le moindre point commun avec lui, un homme né pour pourchasser et dénicher les criminels ? Comment, alors qu'ils étaient à l'opposé l'un de l'autre, il pouvait avoir de la compassion pour Henri ? Il décida de se documenter sur la psychologie des criminels et plus particulièrement sur le dédoublement de la personnalité. Petit à petit, à son insu, il n'avait plus vu seulement le criminel mais aussi son frère et ancien ami.

Il s'était attaché à lui et n'avait pas accepté le geste de sa mère. Il était avant tout un homme de loi, et cela, même avec sa famille. C'est pourquoi depuis son incarcération, il n'avait pas rendu visite à sa mère, malgré les supplications de sa sœur et de sa femme. Ce n'est qu'après des semaines de recul et de réflexion qu'il se décida enfin à la voir.

John se rendit à la prison. Il entra dans cette bâtisse aux hauts murs gris, n'arrivant toujours pas à imaginer sa mère vivant là-dedans. On le dirigea dans la salle des visites. En l'attendant, il observait ce lieu où visiteurs et détenus échangeaient. Beaucoup pleuraient, se tenant les mains.

Après de longues minutes, il vit apparaître une surveillante assez corpulente lui annoncer que sa mère ne voulait pas sortir de sa cellule.

— Elle est bizarre depuis qu'elle a reçu une lettre de Londres. Cela fait trois jours qu'elle reste prostrée et ne s'alimente plus.

— Une lettre de Londres ? demanda-t-il, étonné.

— Oui c'est ça, de Londres.

Il se leva péniblement, comprenant que si sa mère avait refusé de le rencontrer, c'est parce que le contenu de cette lettre avait dû lui procurer un véritable choc. Cela avait-il un rapport avec la présence d'un témoin de dernière minute, qui avait retardé le verdict ?

***

— Mesdames, Messieurs, la cour !

Comme à l'accoutumée, magistrats et avocats entraient vêtus de leur toge, arborant un air à la fois neutre et grave. Lorsque John vit sa mère, il la trouva amaigrie. Ses yeux cernés de noir témoignaient de nuits sans sommeil. Il songea à la lettre. Ses pensées furent interrompues par l'appel du nouveau témoin à la barre. La partie défenderesse expliqua à la cour que cette personne avait une révélation importante susceptible de faire avancer le procès et de mieux comprendre le geste de madame Pigno.

Une grande femme brune et mince entra sous le feux des regards interrogatifs de la salle. Son tailleur et son chapeau témoignaient d'un style bien anglais. Son élégance naturelle masquait cependant difficilement une angoisse bien présente qui se lisait sur son visage.

— Madame, veuillez décliner votre identité et prêter serment à la cour, s'il vous plaît.

La mère de John scrutait cette femme de manière intense et émouvante ; des larmes coulaient sur son visage.

— Je m'appelle Elizabeth Turning…

— Jurez-vous de dire la vérité, toute la vérité, rien que la vérité ? Levez la main droite et dites « Je le jure » !

Elle prit une grande respiration, leva la main droite puis, timidement, posa sa main sur la Bible.

— Je le jure !

— On vous écoute, Madame Turning !

— J'ai longtemps hésité avant de me décider à me présenter devant cette cour. Lorsque j'ai appris qu'Henri était accusé de tous ces meurtres en France, je n'ai rien fait, trop abasourdie et anéantie par le choc. Aujourd'hui, je veux révéler certaines choses sur Henri.

« Voilà, j'ai rencontré Henri en Afrique. Je m'occupais à l'époque d'un orphelinat. Très vite, nous avons vécu ensemble. J'ai tout de suite vu qu'Henri avait quelque chose de particulier. Il avait toujours ce regard grave et triste et un comportement parfois étrange. Il me disait toujours son admiration pour le travail que je faisais, « m'occuper d'enfants comme lui ». Il souffrait de graves problèmes liés à son enfance. Il ne supportait pas d'être enfermé. Il ne fermait d'ailleurs aucune porte, même pas celle de sa maison. Il faisait toutes les nuits des cauchemars, se réveillait en sueur. Puis il me raconta son enfer et me fit promettre de le tuer si un jour il venait à revivre ça. « Si un jour je suis enfermé, je préférerais mourir plutôt que de revivre ça ! Si un jour, je suis cloué sur un lit d'hôpital, promets-moi de me tuer, car je ne le supporterai pas ! Je ne supporterai plus ; fais-m'en la promesse ! » : ce sont ces propres mots.

« Au début de notre relation, continua-t-elle, il dormait sur une paillasse plutôt que dans un lit. Je l'ai vu fréquemment se fouetter pour des idées qu'il ne devait pas avoir. Un jour, il dut aller à l'hôpital parce qu'il avait une crise de paludisme. Il vécut cela tel un enfermement, cela le mit dans un véritable état de souffrance. Il vécut mal cette hospitalisation. Je le surpris à parler alors à un certain Édouard. Je compris qu'Henri avait besoin d'aide et avait une pathologie psychiatrique. Puis, je partis sans savoir que j'attendais un enfant de lui. Je rencontrai ensuite un homme et je ne cherchai pas à le contacter. Je m'en veux terriblement ! Henri aurait dû savoir qu'il avait une fille.

« Je suis venue vous dire que, par amour, j'aurais fait exactement la même chose que cette femme.

L'avocat de la défense lui embraya le pas :

— Pourquoi laisser en vie un homme qui va mourir dans d'horribles souffrances et, qui plus est, vit l'enfermement semblable à une véritable torture, le replongeant dans ce cachot où il a pratiquement grandi ? Je vous en supplie, acquittez cette femme, acquittez-la ! C'est ce qu'aurait voulu Henri ! Cette femme n'a pas assassiné son enfant. Elle l'a aidé à partir pour lui éviter les pires souffrances. N'importe quelle mère au monde aurait réalisé ce geste. Alors qu'elle ne l'avait pas élevé et qu'elle avait souffert de son absence, elle a malgré tout décidé d'atténuer sa douleur au lieu de le garder enfin pour elle. Cette femme est pour moi la bonté incarnée et non le mal, comme j'ai pu le lire dans les journaux !

Puis s'adressant à Thérésa, Elizabeth reprit :

— Je vous demande pardon, Madame Pigno. Pardon de vous avoir privée de votre petite fille et d'avoir caché la vérité à votre fils. Henri aurait voulu que vous la connaissiez : elle s'appelle Tina.

John et Léna ressentirent l'émotion dont était submergée Thérésa. L'audience fut levée.

John découvrait depuis peu l'existence d'un frère. Maintenant, il apprenait qu'il était l'oncle d'une petite fille. Il retourna à la prison pour voir, cette fois, sa mère. Elle lui montra la lettre qu'Elizabeth avait écrite, retraçant la vie de son fils en Afrique et dans laquelle elle évoquait sa petite-fille. Elle était prête à se battre pour cela et promit à son fils de se nourrir. La réconciliation entre Thérésa et John produisit le plus grand bien à cette famille malmenée depuis de longs mois.

Le verdict fut pour le lendemain. L'anxiété de Léna et de John était palpable…

CHAPITRE 14
LA RECONSTRUCTION

L'assemblée applaudit. John et Léna se précipitèrent vers leur mère, la serrèrent et l'embrassèrent. Tout le monde pleurait. Elizabeth s'approcha et murmura :

— Je suis contente, Thérésa. Je viendrai vous voir avec ma fille. Je vous propose de rattraper le temps perdu, maintenant, Madame Pigno.

— Appelez-moi Thérésa !

— D'accord, Thérésa !

Elizabeth tint parole et, une semaine après sa libération, présenta Tina. Thérésa fut frappée par la ressemblance trait pour trait de cette enfant avec Henri. Elle la prit dans ses bras, émue et si fière. Elle était bien décidée à rattraper le temps perdu. S'occuper de sa petite-fille alors qu'elle n'avait pas pu le faire avec Henri petit la réparait en quelque sorte, même si cela ne remplacerait jamais, elle le savait, ce qu'elle avait manqué avec lui et qui l'avait tant meurtrie.

Elle savait que cela ferait plaisir à Henri. Puis, Elizabeth décida de s'installer en France pour des raisons professionnelles. Tina était donc régulièrement en garde chez Thérésa.

Thérésa, John et Léna avaient une nouvelle famille. Ils tentèrent tous de se reconstruire après tous les événements tragiques qu'ils avaient vécus et qui les avaient fortement ébranlés. John ne jugea plus les criminels de façon aussi catégorique. Il savait maintenant que, la plupart du temps, c'était le parcours d'une vie, d'une enfance, qui les avait amenés à devenir ces monstres. Il continuait toujours à les capturer mais avait un autre regard. Il ne pourchassait plus seulement des malades mentaux mais des personnes qui, s'ils avaient eu une autre enfance, seraient probablement semblables à nous.

Cela lui faisait froid dans le dos de savoir que l'humain pouvait se transformer en loup uniquement parce qu'il avait été, dans sa vie, martyrisé.

Finalement, c'étaient alors d'autres monstres, bien intégrés socialement dans la société, passant pour des personnes bien sous tous rapports, qui transformaient les humains en loups.

Ceux-ci empruntaient donc plusieurs visages.

Celui de sœur Odile était passé inaperçu et combien d'autres ainsi… John décida de passer un diplôme de criminologie, afin de mieux connaître la psychologie des tueurs en série, les différentes pathologies psychiatriques, mais aussi la façon dont ils se structuraient. Cela l'aiderait à n'en pas douter à mener ses enquêtes.

Léna s'orienta vers des études de droit pour devenir avocate. En effet, son métier de juriste lui permit de reprendre le cours de ses études. Thérésa décida, malgré son âge avancé, de devenir famille d'accueil pour les enfants placés en foyer.

Tina grandit avec beaucoup d'amour ; c'est ce qu'aurait voulu Henri. Elle fit des études de psychologie et d'infirmière. Comme sa mère, elle s'occupa d'enfants orphelins en Afrique.

Elle apprit tôt la vérité sur son père. Lorsqu'elle revint en France, elle se rendit, avec toute sa famille, sur la tombe d'Henri sur laquelle elle déposa un bouquet de fleurs. On pouvait y lire les inscriptions suivantes :

À MON PÈRE HENRI QUE J'AURAIS TANT VOULU CONNAÎTRE
AU FRÈRE AVEC QUI J'AURAIS AIMÉ GRANDIR
À MON FILS QUE J'AI AIMÉ TOUTE MA VIE

Fin

REMERCIEMENTS

Ce roman a fait l'objet d'une première publication aux éditions Ex Æquo. J'ai choisi de le modifier et de l'auto-éditer. L'histoire racontée est issue d'une fiction.

Je remercie ma sœur, mes parents et mes amis qui m'ont encouragée à éditer ce livre.

Je remercie également Séphora Markarian, professionnelle du livre, qui m'a aidée à m'auto-éditer.

© 2023 Sabrina Cervantès
Mise en page : Séphora Markarian – www.markse.fr
Édition : BoD - Books on Demand, info@bod.fr
Impression : BoD - Books on Demand, In de Tarpen 42,
Norderstedt (Allemagne)
Impression à la demande
ISBN : 978-2-3224-5126-5
Dépôt légal : mars 2023